David Asher

Arthur Schopenhauer als Interpret des Göthe'schen Faust

Anatiposi

David Asher

Arthur Schopenhauer als Interpret des Göthe'schen Faust

Unveränderter Nachdruck der Originalausgabe von 1859.

1. Auflage 2023 | ISBN: 978-3-38220-032-9

Anatiposi Verlag ist ein Imprint der Outlook Verlagsgesellschaft mbH.

Verlag: Outlook Verlag GmbH, Zeilweg 44, 60439 Frankfurt, Deutschland
Vertretungsberechtigt: E. Roepke, Zeilweg 44, 60439 Frankfurt, Deutschland
Druck: Books on Demand GmbH, In de Tarpen 42, 22848 Norderstedt, Deutschland

Arthur Schopenhauer

als Interpret

des

Göthe'schen Faust.

Ein Erläuterungsversuch

des ersten Theils dieser Tragödie

von

Dr. David Asher.

„Wenn ihr's nicht fühlt, ihr werdet's nicht erjagen."

Leipzig,

Arnoldische Buchhandlung.

1859.

Herrn

Dr. Arthur Schopenhauer

zu seinem 71sten Geburtstag

als Zeichen der tiefsten Verehrung

hochachtungsvoll zugeeignet.

Vorwort.

„Ein Commentar zum Fauſt? Nun, das heißt Eulen nach Athen
tragen!" Zugegeben; indeſſen wird man wohl einer ſo kleinen Schrift
Nachſicht ſchenken, zumal ſie ſich, bei näherer Prüfung, als die Eigen=
ſchaft jenes Geſchöpfes beſitzend, d. h. in der Dämmerung zu ſehen,
erweiſen dürfte. Man wird mir dieſe Hoffnung nicht als Ruhm=
redigkeit auslegen, da es nicht mein Licht, ſondern das Schopen=
hauer's iſt, welches mir die Augen erhellt hat und jetzt das Drama
beleuchten ſoll. Was den Zuſammenhang dieſes Philoſophen und
ſeines Syſtems mit dem „Fauſt" betrifft, ſo iſt alles darauf Bezüg=
liche in der Einleitung geſagt; hier nur noch einige Worte über mein
Verhältniß zu der großen Dichtung und das Entſtehen dieſer Schrift.
Niemand kann grundſätzlich mehr als ich ſelbſt gegen Commentare zu
Dichtern eingenommen ſein, und doch bin ich faſt unwillkürlich dazu
gekommen, einen ſolchen zu ſchreiben. Sonderbares Verhängniß!
ſagte ich mir dabei oft ſelbſt. Die Sache verhält ſich alſo. Ich habe
zwar keinen meiner Vorgänger auf dieſem Felde — und es ſind
geachtete Namen unter ihnen — geleſen, wohl aber auf der Univer=
ſität zwei Publica über den Fauſt gehört, oder vielmehr zu hören
angefangen; denn nach fünf oder ſechs einleitenden Vorleſungen
verlor ich beidemale die Geduld. Die Herren Docenten gingen mit

einem so weitausholenden und breit angelegten gelehrten Apparat
daran, daß es mir schien, sie könnten über die Einleitungen gar nicht
hinwegkommen; noch mehr aber war es das, was sie vorbrachten, waren es ihre Anschauungen, die mich bedenklich machten, ob da was Er-
sprießliches herauskommen könne, und so, in meinem vielleicht dummen
Dünkel, gab ich den ferneren Besuch der Vorlesungen auf, mich mit
dem begnügend, was ich mit schlichtem Verstande aus der Dichtung
würde herauslesen können.

Endlich erschien die viel und nicht unverdient gepriesene Biogra-
phie Göthe's von Lewes. Die in derselben enthaltene Analyse des
Faust gefiel mir sehr wohl; so, sagte ich mir, müsse man die Dichtung
auffassen, so dieselbe sich zurechtlegen: denn ein Dichter, wie Göthe,
werde schwerlich Scenen willkürlich aneinanderreihen, die keine noth-
wendige Verbindung mit einander haben. Bald aber fand ich, daß
die „common sense" Anschauung allein nicht ausreiche, das Kunstwerk in seiner Totalität, und noch weniger in allen seinen Einzeln-
heiten zu begreifen und zu würdigen. Es ist zwar nur eine einzige,
aber höchst wichtige Scene (sie ist unten näher angegeben), deren „Beziehung zum Ganzen" Lewes nicht verstehen konnte. So ward ich
zugleich veranlaßt und ermuthigt, mich selbst daran zu versuchen und
diese Lücke in Lewes' sonst vortrefflicher Analyse auszufüllen. Ich
dachte mir: sollte es nicht möglich sein, durch Schopenhauer's Philosophie die Scene zu erklären? — und kaum war dieser Gedanke in mir
aufgetaucht, als ihm sofort der andere folgte, von dem ich in der Einleitung berichte. So verdanke ich Herrn Lewes (dessen Anschauung
auch oft die meinige ist) den Muth zu meinem zwiefachen Unternehmen,
Schopenhauer aber das Gelingen desselben, wenn meine Leser nämlich
die Leistung für gelungen anerkennen sollten. Ich zweifle übrigens
nicht, daß ich Manches wiederholt, was meine Vorgänger bereits, und

vielleicht beſſer als ich, geſagt. Wie dem auch ſei, ſo wird doch mein oben abgelegtes offenes Geſtändniß hinreichen, mich von der Anklage des Plagiats vollſtändig zu befreien.

Viel hätte ich der Schrift noch hinzufügen können: faſt bedürfte es eines Commentars zu meinem Commentar; denn ein eben ſo weit= als tiefgreifender Gegenſtand iſt faſt unerſchöflich, führt zu immer neuen Betrachtungen und Anknüpfungspunkten, und eröffnet ſtets weitere, ungeahnte Ausſichten. Indeſſen zog ich es vor — ob weislich oder nicht, darüber kommt mir die Entſcheidung nicht zu — mich zu be= ſchränken, dem Leſer eher Stoff und Anregung zum Selbſtdenken zu geben, als ihm Alles zu ſagen, und dem Gelehrten es zu überlaſſen, die ſich ſo häufig faſt von ſelbſt darbietenden Citate aus den Werken alter und neuer Zeit, oder auch Hinweiſungen auf meine Vorgänger, wo dieſe vielleicht das Nämliche oder Aehnliches geſagt haben, ſelbſt zu ergänzen. Wer Alles thun will, thut leicht zu wenig, oder, wie die Ita= liener es ausdrücken: „chi troppo abbraccia nulla stringe.“

Es iſt nicht bloße Redensart, wenn ich es hier ausſpreche, daß ich dies Schriftchen nicht ohne Zagen in die Welt hinausſchicke, es ſeinem Schickſale überweiſend. Den Freunden und Anhängern Schopenhauer's wird es — ich gebe mich gern der ſchmeichelnden Hoffnung hin — ſei= netwegen nicht unwillkommen ſein. Dieſen aber muß, wie mir ſelbſt, am meiſten daran gelegen ſein, daß es auch bei den Fachgenoſſen und nicht minder bei einem größeren Publikum Beifall finden möge, damit es zur Ehre deſſen gereiche, dem es zugeeignet iſt, damit der Name, dem wir huldigen, immer weiter verbreitet werde, und ſein Ruhm immer ſchöner erglänze.

Leipzig, am 22. Februar 1859.

Der Verfaſſer.

Einleitung.

Wie das große Räthsel des Alls die Weisen aller Zeiten angeregt und beschäftigt hat, so giebt es geistige Schöpfungen, die so treulich und auf so großartige Weise dieses All abspiegeln, zumal aber in so räthsel= hafter Weise auftreten, daß sie uns immer von Neuem reizen und auf= fordern, um ihr Verständniß uns zu bemühen und die Lösung ihres Räthsels zu versuchen. Solcher Art ist die größte Dichtung der Neu= zeit, der Stolz Deutschlands — der „Faust" unseres Göthe. Je mehr wir uns in dieses wunderbare Drama versenken, desto mehr wird un= sere Neugier angestachelt, desto mehr gehen uns seine Schönheiten und Tiefen auf. Wie sich im Laufe der Jahrhunderte verschiedene und oft sehr von einander abweichende Weltanschauungen geltend gemacht ha= ben, so hat auch diese Dichtung, seit ihrem Erscheinen, verschiedene Beurtheilungen und die mannigfachsten Auslegungen erfahren. Man hat aber auch eben so oft hinein= als herausgebeutet: je nach den ver= schiedenen Richtungen, denen die Erläuterer angehörten, oder den phi= losophischen Systemen, denen sie huldigten, haben sie bald Spinozis= mus, bald Leibnitzianismus, bald Hegelianismus, bald Schellingianis= mus in dem Drama gewittert. Der Hegelianismus insbesondere hat

es für seine Zwecke auszubeuten verstanden und einen Stützpunkt in
ihm zu finden gesucht. Wiederum Andere haben es als eine volksthüm=
liche Dichtung betrachtet, die, ohne irgend einen bestimmten philosophi=
schen Hintergrund und lediglich an die alte Volkssage anlehnend, diese
in vollendeter und hochpoetischer Weise verarbeitet hat. Unbekümmert
um alle diese verschiedenen Auslegungen habe ich mich von neuem und
zu wiederholten Malen in den „Faust" vertieft, und will mich nun er=
kühnen, das Ergebniß meiner Forschungen in möglichster Gedrängtheit
hier niederzulegen. Es ist in dem Vorangegangenen bereits ange=
deutet, daß fast jeder Leser, je nach seinen subjectiven Anschauungen,
dieses Drama auf eigene Art verstehen, sich irgend eine beliebige Lehre
aus demselben entnehmen wird, denn es ist eben ein Problem, das ver=
schiedene Lösungen zuläßt.

Auch ich will mich nicht etwa von subjectiver Unterlage bei mei=
ner Forschung freisprechen, obschon ich andererseits die Dichtung selbst
habe ungestört auf mich einwirken lassen und mir bewußt bin, dem
Dichter meine subjectiven Ansichten nicht geflissentlich untergeschoben
zu haben. Ich hatte nämlich ein Experiment vor, und zu diesem Be=
hufe mußte ich nothwendiger Weise von einer Hypothese ausgehen
Nach mehrjähriger Beschäftigung mit dem Systeme Schopenhauer's
wollte ich nämlich die Wahrheit seiner Lehren einer neuen Prüfung
unterwerfen. Dieser Philosoph will bekanntlich die Welt nicht aus
seinem Systeme heraus (also a priori) construiren, sondern aus der
Erfahrung (a posteriori) erklären. Ist es ihm nun gelungen, seine
Aufgabe befriedigend gelöst, den Schlüssel gefunden zu haben, der uns
das Innerste der Natur erschließt, das letzte Wort gesprochen zu ha=
ben, welches uns von dem Drucke, den das große Geheimniß auf uns
ausübt, befreit, so mußte diese Lösung nothwendig mit jener Dichtung
übereinstimmen, die, wie fast keine andere, die Welt abspiegelt, — kurz,

die mit vollstem Rechte ein Mikrokosmus genannt zu werden verdient. Am „Faust" also glaubte ich einen Prüfstein zu haben, der sich zu meinen beabsichtigten Experimenten vorzüglich eignete. Es bedarf wohl kaum der Erwähnung, daß Dichter und Philosoph auf gleicher Stufe stehen, insofern sie einem und demselben Ziele nachstreben, nur daß bei dem Einen, zumal wenn er ein echter Dichter ist, das unbe= wußt geschieht, was der Andere mit vollem Bewußtsein unternimmt: daß der Dichter freier und ungebundener (freilich nur den Stoff, nicht die Form anlangend) die Flügel des Geistes erhebt und vermöge der Phan= tasie zu den höchsten Regionen des Gedankens sich emporschwingt, wäh= rend der Philosoph, an die Gesetze der Vernunft gebunden, nur im strengen Zusammenhange und mit logischer Folgerichtigkeit, in einem Worte, — systematisch den Faden des Gedankens aus sich herausspinnt und ihn leidenschaftslos sich abwickeln läßt. „Des Dichters Auge, in schönem Wahnsinn dahinrollend," so singt der größte der Dichter, „schweift vom Himmel zur Erde, von der Erde zum Himmel." Jener also kennt keine anderen Fesseln, als die, welche die Gesetze der Metrik ihm auferlegen, dieser keine anderen, als die der unerbittlichen Logik. In der höchsten Vollendung jedoch werden beide die Fesseln nicht mehr als solche fühlen und sich gewöhnt haben, frei in denselben sich zu bewegen; dies eben bekundet die Meisterschaft im künstlerischen Produciren und im regelrechten Denken, wie ja auch in der Sittlichkeit erst dann die höchste Stufe erreicht ist, wenn das Gesetz zur freien Selbstbestim= mung geworden, wenn das Wollen mit dem Sollen in Einklang gebracht ist. Bei dieser Gleichartigkeit des Strebens muß es natür= lich folgen, daß eine Gegenseitigkeit zwischen beiden, dem Dichter und dem Philosophen, herrscht; daß dieser eben so oft jenem seine Ideen entlehnt und an ihn anknüpft, wie jener oft von diesem beeinflußt und getragen wird und ihm seine Weltanschauung und die daraus hervor=

gehenden Schöpfungen, die eine Verkörperung der dem Philosophen entlehnten abstrakten Ideen sind, verdankt. Für den kundigen Leser wird es keiner Belege hierzu bedürfen. Eben so wenig bedarf es für diesen der Erwähnung, daß auch Göthe unter dem Einflusse eines Spinoza und Schelling gestanden und zu verschiedenen Perioden seines Lebens zu den Systemen dieser Philosophen mehr oder minder sich hingezogen fühlte. Man könnte aber leicht zu falschen Consequenzen verleitet werden, wollte man deshalb annehmen, das eine oder das andere dieser Systeme liege dem „Faust" zu Grunde, und mit dieser Voraussetzung an die Lectüre des Drama's gehen. Indessen bleibt es, wie gesagt, Jedem unbenommen, ein ihm beliebiges System ·in die Dichtung hinein= oder aus ihr herauszubeuten. Der „Faust" wäre das Kunstwerk nicht, welches er in Wahrheit ist, wäre diese Freiheit nicht gestattet; die Dichtung wäre der Ausfluß eines nur beschränkten Geistes, ließe sie nur eine Deutung zu, oder läge diese klar und offen auf der Oberfläche*). Dem Geheimnißvollen, das ihr anhaftet, verdankt sie ja eben ihren größten Zauber. Andererseits aber darf sich auch Keiner rühmen, daß er allein im Besitze des Schlüssels sei; wir erkennen hier keine Eingeweihten an, keine Priesterkaste, der allein es gestattet wäre, den Schleier dieses Saisbildes zu lüften. Die Freiheit also, die ich Andern zugestehe, nehme ich nun auch für mich in An= spruch, und so will ich es versuchen, das großartige Drama mit dem Lichte der Schopenhauer'schen Philosophie zu beleuchten. Dem Leser bleibt es anheimgestellt, ob er meine Deutung zulassen will oder nicht. Irre ich in meinen Schlußfolgerungen, nun denn, so sehe man diesen Versuch eben nur als das an, was er sein will, — ein Versuch mehr,

---

*) Möge Lessing es mir verzeihen, daß ich es wage, eine seiner Ansicht strack zuwiderlaufende Behauptung aufzustellen.

zum Verständniß der Dichtung zu verhelfen und eine tiefere Einsicht in dieselbe zu eröffnen.

Ich habe den „Faust" einen Mikrokosmus, einen Weltspiegel genannt, und Göthe hat bekanntlich selbst gesagt, daß er viel „hineingeheimnißt" hat. Welches philosophische System ihm am meisten dabei vorgeschwebt haben mag, wollen wir nicht entscheiden; so viel aber steht fest, daß wir es hier mit einem psychologischen Drama, in dem die Handlung nur zur Unterlage für die Reflexionen dient, zu thun haben, daß, wie schon der „Prolog im Himmel," der Grundton zum Ganzen, der uns in die rechte Stimmung setzen soll, zur Genüge darthut, diese Tragödie, von den Niederungen der Erde sich erhebend, vorzugsweise in den höheren Regionen des Gedankens sich bewegt, kurz, daß hier des Dichters Auge buchstäblich „vom Himmel zur Erde, von der Erde zum Himmel schweift." Mit Ausnahme Margarethen's bietet uns das Stück eigentlich keinen einzigen Charakter von Fleisch und Blut dar; jeder denkt uns nur vor, und an uns ist es über ihn nachzudenken. Ja selbst Gretchen ist mehr in die zarte Hülle des Gedankens gekleidet, als in das gröbere Gewand der Erde. Der irdische Stoff hat hier nichts verdichtet, sondern Alles ist, um ein bekanntes Wortspiel zu benutzen, in hochpoetischer Weise gedichtet, vom ätherischen Hauche der schöpferischen Phantasie, einem afflatus divinus, angeweht, von philosophischen Gedanken getränkt, ja man könnte wohl sagen, von „des Gedankens Blässe angekränkelt," und doch wiederum so lebendig geschildert, daß man wohl berechtigt ist, auch die Fortsetzung des obigen Citats aus Shakespeare auf unseren Dichter anzuwenden.

> „Wie die schwankende Phantasie Gebilde
> Von unbekannten Dingen ausgebiert,
> Gestaltet sie des Dichters Kiel, benennt
> Das luft'ge Nichts, und giebt ihm festen Wohnsitz."

Daß es ihm gelang, beides zu vereinigen, bei dem überwiegenden philosophischen Charakter des Stückes auch den Volksgeschmack zu treffen und ein so lebensvolles Bild hinzustellen, die Kunstpoesie mit der Volkspoesie zu verschmelzen, kurz ein Drama zu liefern, welches dem Denker im einsamen Studirzimmer eine unerschöpfliche Quelle der Betrachtungen ist und ihm einen eben so hohen Genuß gewährt, wie dem gedankenlosen Zuschauer auf der Gallerie, das eben bekundet die vollendete Meisterschaft des Dichters, das eben stempelt es zum Werke ersten Ranges. Dieselbe doppelseitige Eigenschaft kennzeichnet z. B. auch einen „Hamlet," eine „Sistinische Madonna" und einige andere Schöpfungen des künstlerischen Genius, und nur solche Werke sind dem „Faust" ebenbürtig.

Fragen wir uns aber, ehe wir in die nähere Untersuchung dieses besonderen Drama's eingehen, was es eigentlich sei, das dem Schauspiel im Allgemeinen seinen größten Reiz, und zwar für alle Grade der Bildung, verleiht, so glaube ich nicht zu irren, wenn ich die Behauptung wage, es liege dieser Reiz vorzugsweise in der Wirklichkeit und Wahrheit, die uns auf der Bühne vorgeführt wird, in dem Einblick, den sie uns ins Innere der dargestellten Charaktere gestattet und ermöglicht. „Wenig wissen wir," hat ein geistreicher englischer Schriftsteller gesagt, „was im Innern des Andern vorgeht," und lange vorher hat der große Dichter den Ausspruch gethan: „die ganze Welt ist eine Bühne." In der That, das eigentliche Schauspiel, in dem Sinne wie man es gewöhnlich versteht, hat seine Stätte nicht sowohl auf den „Bretern, welche die Welt bedeuten," als vielmehr auf der Welt, auf dem großen Schauplatze des Lebens selbst. Hier ist Alles Täuschung, hier sind „alle Männer und Frauen nur Schauspieler;" das Herz ist nicht bei dem, was der Mund spricht; wir sehen Handlungen, ohne die Motive zu kennen; Blendwerk umgaukelt uns; die Maske ist auf allen

Gesichtern; ein dichter Schleier verhüllt die Brust; die innersten Ge=
danken verrathen sich nicht; ein lachendes Antlitz verbirgt nur zu oft
ein blutendes Herz, und mit der Thräne im Auge frohlockt man im
Innern. Seine geheimen Schmerzen verhehlt selbst der Gatte der
Gattin, und nur selten eröffnet sich der Busen ganz und rückhaltslos
selbst dem Freunde. Die Wahrheit darfst Du nicht laut werden lassen,
oder äußerst Du sie auf Deine Gefahr hin, so findest Du nur taube
Ohren. Willst Du Deine Freude nicht getrübt haben, so theile sie
nicht mit; beanspruchst Du gar Mitgefühl für Deinen Kummer, o,
Du Thor, dann kennst Du die Welt nur schlecht. Ist dies ein treues
Bild des Lebens, und im großen Ganzen ist es gewiß nicht zu schwarz
gemalt, wie leicht erklärlich ist es dann, daß man gern dahin eilt, wo
dies Alles anders ist, wo die Wahrheit uns ungeschminkt geboten wird,
wo Jeder sich für das giebt, was er ist, wo die geheimsten Falten des
Herzens uns zur Schau gestellt, wo die Motive jeder Handlung uns
blosgelegt werden, wo wir in deutlichen Zügen den Charakter jedes
Einzelnen lesen und sein Schicksal darin erkennen, wo das Tiefinnerste,
das seine Brust bewegt, uns erschlossen und das Gefüge des Ganzen,
das Ineinandergreifen des Räderwerkes, welches die Ereignisse ver=
kettet, das Aufeinanderwirken der Charaktere, welches die Geschicke an
einander knüpft und wodurch die endliche Lösung herbeigeführt wird,
klar und offen vor uns entfaltet wird. Für den großen Haufen, der
nicht zu denken liebt, werden allerdings die bloßen Verwickelungen und
geschickten Lösungen das meiste Interesse haben; je mehr Intriguen,
desto mehr Beifall spendet die Gallerie; auch dem billigen Pathos, der
mit leichter Mühe am Thränenstrange zieht, und dem witzigen Dialog
mit seiner Schlagfertigkeit darf das Händeklatschen der Menge gewiß
sein, für den Denker aber werden die psychologischen Enthüllungen und
der tiefere Einblick, den sie uns in den menschlichen Charakter gewäh=

ren, kurz alle oben angedeuteten Eigenschaften eines guten Schauspiels das Anziehende bilden und bei der Schätzung desselben ins Gewicht fallen. Er wird also den Monologen die größte Aufmerksamkeit schenken, wie diesen ja auch in den bedeutendsten Dramen stets die größte Bedeutung beigelegt worden ist und mit Recht werden muß. Und welches Drama entspräche allen den angegebenen Erfordernissen mehr als „Faust"? Wo würde vor unseren Augen, bei aller Einfachheit der Handlung, ein größeres, bedeutungsvolleres psychologisches Gemälde enthüllt, als in diesem Meisterwerke des Meisters?

Was nun Schopenhauer betrifft, so finden sich bei ihm, und zwar in seinem Hauptwerke,*) nur vereinzelte Hinweisungen auf den „Faust"; namentlich ist es die Leidensgeschichte Gretchens, die er als Muster hervorhebt und rühmt. In welcher Weise, das muß auf eine spätere Gelegenheit aufbewahrt werden, da die Stelle aus dem Zusammenhange gerissen und ohne alle Vorbereitung hier mitgetheilt, dem Leser, der Schopenhauer nicht kennt, unverständlich bleiben müßte. Eine engere Verwandtschaft seines Systems mit der großen Tragödie der Neuzeit, die er an der erwähnten Stelle selbst das unsterbliche Meisterwerk Göthe's nennt, scheint Sch. indessen nicht geahnt zu haben; wenigstens hat er nirgends von einer solchen geredet. Daß Göthe seinerseits, trotz seines nähern Umgangs mit dem Philosophen**), dessen System nichts entlehnt und von demselben nicht influirt gewesen sein kann, dafür bürgen die Data***). Von Absicht kann also hier auf keiner Seite die

---

*) Die Welt als Wille und Vorstellung, Bd. I. pp. 287. 289. u. 443.

**) S. Gutzkow's Unterh. am häusl. Heerde, Nr. 2. Oct. 1854, wo ich mir erlaubt einige Details über diese Bekanntschaft aus dem Munde Schopenhauer's mitzutheilen.

***) Der erste Theil des „Faust" erschien bekanntlich zuerst 1790, dann mit Zusätzen 1808, also zu einer Zeit, wo Schopenhauer noch nicht einmal die Universität bezogen hatte.

Rede sein, und sollte es mir gelingen, ein Zusammenstimmen der Dichtung mit den Ideen Schopenhauer's nachzuweisen, so wird das Zufällige einer solchen Uebereinstimmung nicht verfehlen können, zu Gunsten meiner Anschauungen zu sprechen und vielleicht den schlagendsten Beweis für deren Richtigkeit liefern. Ehe ich nun zur Interpretation übergehe, wird es nöthig sein, wenigstens einige Worte über das Schopenhauer'sche System voranzuschicken.

Bei Schopenhauer zerfällt die Welt in Welt als Wille und Vorstellung, oder in Wille und Intellekt. Der Cardinalpunkt aber in seiner Lehre ist, wie bereits anderswo von uns dargestellt, der, daß der Wille das Primäre, der Intellekt das Sekundäre ist. Der Wille ist das eigentlich Metaphysische, der Intellekt nur physisch, d. h. Erzeugniß des Gehirns. Der Wille ist der innerste und unzerstörbare Kern der Dinge und als solcher in allen Wesen sich gleich. Nur der Intellekt erzeugt die Verschiedenheit unter denselben. Der Wille, als das „Ding an sich", um die Kant'sche Bezeichnung zu gebrauchen, ist an sich bewußtlos, ist das Unveränderliche in allen Dingen, objectivirt sich jedoch stufenweise, nach dem principio individuationis, und so entsteht dann die Welt der Erscheinungen in unserer Vorstellung. Erst im Menschen, in welchem der Intellekt, als Leuchte dem Willen beigesellt, zur höchsten Entwickelung gedeiht, kommt dieser oder vielmehr kommen beide zum Bewußtsein, jedoch ohne daß der Wille das Bewußtlose, das seine ursprüngliche Natur ist, verlöre, denn er selbst wirkt bewußtlos fort, während der Intellekt zur Erkenntniß der Wirkung gelangt ist.*)

---

*) Um zu zeigen, daß diese Lehre Schopenhauer's auch in der Physiologie ihre vollständige Begründung hat, was er zwar selbst in seinen Schriften am besten nachgewiesen, will ich hier aus einem andern, mir gerade vorliegenden, populär gehaltenen Werke das hierauf Bezügliche anführen. Da das Werk durchaus nicht in der Absicht geschrieben, Schopenhauer's Philosophie zu unterstützen

Soviel hielt ich für nöthig, aus dem metaphysischen Theil des Systems mitzutheilen, um dadurch das Verständniß desjenigen Punk-

---

oder zu bekräftigen, so hoffe ich, es werde für den unbefangenen Leser eine desto zwingendere Beweiskraft mit sich führen. Vorbemerkt muß jedoch werden, daß ich von der sehr nahe liegenden Annahme ausgehe, der Wille habe seinen Sitz vorzugsweise im Herzen, der Intellekt im Gehirn. Hören wir nun, was der Physiolog, der gläubige Physiolog, über diese zwei wichtigsten Theile des menschlichen Körpers uns mittheilt. „Das Herz," sagt er, „ist eine derjenigen Muskeln, über die wir keine unmittelbare Herrschaft besitzen. Nur ein Theil unseres Körpers ist unserem freiwilligen Gebrauche anvertraut. Alle diejenigen Organe, die unmittelbarer zum Leben beitragen, und welche, wenn ihre Thätigkeit auch nur einen Augenblick gehemmt wäre, die Maschine unseres Körpers zum Stillstand bringen und schließlich das Leben gänzlich vernichten würden, sind vom wohlwollenden Schöpfer mit der Macht ausgestattet worden, ihre Thätigkeit während des ganzen Verlaufes unseres körperlichen Daseins fortzusetzen." Ich übergehe, was er über die eigenthümlichen Herznerven sagt, und fahre da fort, wo er vom Gehirn redet. „Was immer unsere besonderen Ansichten sein mögen, so wird es doch allgemein zugegeben, daß das Gehirn das unmittelbare Band zwischen unserem körperlichen Organismus und unseren Begriffen, Affekten und Leidenschaften ist, und wie direkt das Herz mit dem Gehirn unter diesen Umständen sympathisirt, ist Jedem bekannt. Es ist hauptsächlich unter dem Einflusse der Leidenschaften und Affekte des Geistes, daß wir fühlen, wir haben ein Herz. Unter dem Einflusse stürmischer Leidenschaften wird es zu heftiger Anstrengung geweckt, so daß es das Blut mit verdoppelter Kraft in die Blutröhren treibt, während es bei denen niederdrückender Art schwankend und schwach wird und ein Zittern entsteht. Im ersteren Falle treibt das Blut nach dem Gehirn, schürt es die Flamme an, ergießt Kraft in die Muskeln; kühne Thaten werden vollführt, welche in kälteren Momenten weder zu beschließen noch auszuführen möglich wäre. Im letzteren Falle wird der Geist, durch unregelmäßigen Zufluß des Blutes, schwankend und unentschlossen, die Muskeln schwach und entkräftet, so daß der Kühnste zur Memme wird, und der, welcher die Glieder und Sehnen eines Herkules hat, zum bebenden Feigling." (S. Elements of Physiology by T. J. Aitkin, London 1838. p. 25.) Wenn ein neuerer Physiolog, der auch auf dem Gebiete der Philosophie glaubt das große Wort führen zu können, weil sein „Kraft und Stoff" ihm einen gewissen Namen gemacht hat, jüngst in einem Aufsatz über Schopenhauer meint, die Bezeichnung „Wille", wie dieser Philosoph sie gebraucht, sei „ein ganz anderes, höheres, allgemeineres und dunkleres Etwas, welches dadurch, daß man es Wille nennt, weder an Licht noch an Bedeutung gewinnt," so begnügen wir uns, ohne uns weiter in eine Polemik mit ihm einzulassen, ihm die Aeuße-

tes aus Schopenhauer's Aesthetik anzubahnen, der uns hier beson=
ders und vor Allem wichtig ist. „Als den Gipfel der Dicht=
kunst", sagt er an der oben angeführten Stelle, „sowohl in Hin=
sicht auf die Größe der Wirkung, als auf die Schwierigkeit der
Leistung, ist das Trauerspiel anzusehn und ist dafür anerkannt. Es
ist für das Ganze unserer Betrachtungen sehr bedeutsam und wohl zu
beachten, daß der Zweck dieser höchsten poetischen Leistung die Darstel=
lung der schrecklichen Seite des Lebens ist, daß der namenlose Schmerz
der Jammer der Menschheit, der Triumph der Bosheit, der höhnenden
Herrschaft des Zufalls, und der rettungslose Fall der Gerechten und
Unschuldigen uns hier vorgeführt werden: denn hierin liegt ein bedeut=
samer Wink über die Beschaffenheit der Welt nnd des Daseyns. Es
ist der Widerstreit des Willens mit sich selbst, welcher hier, auf der
höchsten Stufe der Objektivität, am vollständigsten entfaltet, furchtbar
hervortritt. Am Leiden der Menschen wird er sichtbar, welches nur
herbeigeführt wird, theils durch Zufall und Irrthum, die als Beherr=

---

rungen einer Frau von Staël entgegenzuhalten, die für diese Dinge jedenfalls
ein tieferes Verständniß hatte, als der febergewandte Arzt. „L'homme parvient
par la chimie," sagt sie in „l'Allemagne," „comme par le raisonnement au
plus haut degré de l'analyse, mais la vie lui échappe par la chimie,
comme le sentiment par la raison." Und weiter fährt sie fort: „Quoiqu'il
en soit, la volonté qui est la vie, la vie qui est aussi la volonté,
renferment tout le secret de l'univers et de nous-mêmes, et ce secret-là,
comme on ne peut ni le nier, ni l'expliquer, il faut y arriver nécessaire-
ment par une espèce de devination." — Sollte man nicht glauben, sie wäre
bei Schopenhauer in die Schule gegangen? Oder, und ich sollte mich gar nicht
wundern, wenn ich hiermit den Gegnern eine Waffe in die Hand gebe, hat Scho=
penhauer ihr vielleicht das Geheimniß abgelauscht und es für sein System aus=
gebeutet? Hat er nicht ein ganz offenbares Plagiat begangen? Und wird man
nicht Zeter darüber schreien, daß ich auf „die intellektuelle Anschauung" Schelling's
wieder zurückführe? Wohl möglich, doch werde ich deshalb nichts von dem strei=
chen, was ich einmal geschrieben.

scher der Welt, und durch ihre bis zum Schein der Absichtlichkeit ge=
hende Tücke als Schicksal personificirt, auftreten; theils geht er aus
der Menschheit selbst hervor, durch die sich kreuzenden Willensbestre=
bungen der Individuen, durch die Bosheit und Verkehrtheit der Mei=
sten. Ein und derselbe Wille ist es, der in ihnen allen lebt und
erscheint, dessen Erscheinungen sich aber selbst bekämpfen und sich selbst
zerfleischen." Doch hier breche ich einstweilen ab, da ich in folgendem
eine von des Urhebers eigner Idee wenigstens scheinbar abweichende
Anwendung seiner Lehre auf das Trauerspiel zu machen gedenke. Ich
gehe nämlich von der Ansicht aus, daß es nicht sowohl den Widerstreit
des Willens mit sich selbst, als vielmehr des Willens mit dem Intellekt
zur Darstellung bringt. In Folgendem nun soll diese Ansicht begründet
werden. Eine Bekanntschaft des Lesers mit beiden hier in Betracht
zu ziehenden Werken, dem poetischen und dem philosophischen, ist natür=
lich dabei vorauszusetzen. In Bezug auf Ersteres versteht sich's bei
jedem Gebildeten von selbst. Das letztere anlangend dürfte die An=
nahme etwas gewagt oder voreilig sein. Ich werde mich also bestreben,
so viel wie möglich dem Bedürfniß des Lesers in diesem Punkte auch
ferner entgegen zu kommen und die Lücke zu ergänzen, indem ich bei den
betreffenden Stellen die nöthigen Erläuterungen hinzufügen und zumeist
Schopenhauer selbst anführen werde. Und nun zur Sache.

Interpretation.

Meine Gesammtauffassung der Dichtung ist die allegorische und die Behandlung somit vorwiegend esoterisch, jedoch so, daß auch der exoterischen Seite dabei Gerechtigkeit widerfährt. Was zunächst die Hauptgestalten betrifft, so sehe ich in Faust den Vertreter des über sich und über den Willen zum Bewußtsein gekommenen Intellekts und in Gretchen die Verkörperung des Willens selbst; in Mephistopheles aber die andere Seite des Faust, also den Reiz oder den Trieb, welcher dem Willen beigesellt ist, oder auch die üppige, geschäftige, uns umgaukelnde und umgarnende Phantasie; die alte Schlange, die zuerst Eva berückte und ihre Begierde aufstachelte, wie sie noch heute im Dienste des Willens steht und ihm in Ewigkeit treu bleiben wird.

„Bewußtlosigkeit", sagt Schopenhauer*), „ist der natürliche Zustand aller Dinge", und er hat in diesen Worten eine große Wahrheit ausgesprochen. In neuerer Zeit hat sie der berühmte schottische Denker, Thomas Carlyle, zu wiederholten Malen mit Nachdruck hervorgehoben, und durch alle seine Schriften zieht sich die Ueberzeugung wie

---

*) S. W. als W. u. Vorst. Bd. II §. 15.

ein rother Faden durch, daß „das Bewußtſein, gleichviel ob in der phy=
ſiſchen, moraliſchen, politiſchen, ſocialen, literariſchen oder religiöſen
Welt, ſtets ein Krankheitsſymptom" ſei.   Indeſſen iſt dieſe Wahrheit
ſo alt wie das erſte Menſchenpaar.   Mit dem Eintreten des Bewußt=
ſeins war ihre Unſchuld verloren.   „Und es wurden aufgethan die
Augen beider", heißt es von Adam und Eva, nachdem ſie von
der Frucht des verbotenen Baumes der Erkenntniß genoſſen hatten,
„und ſie erkannten, (nahmen wahr, wurden ſich bewußt), daß ſie nackt
waren."*)   Der Mythos vom Sündenfall iſt es auch, der Schopen=
hauer einigermaßen mit dem alten Teſtament, das ihm übrigens zu op=
timiſtiſch iſt, ausſöhnt; „denn nur im Wollen mit Erkenntniß",
ſagt er, „liegt die Schuld."   „Die Unſchuld der Pflanze beruht auf
ihrer Erkenntnißloſigkeit", heißt es an der nämlichen Stelle; damit ſoll
jedoch nicht geſagt ſein, daß der Erkenntniß ſelbſt die Schuld anhaftet;
im Gegentheil iſt ſie rein für ſich, alſo getrennt vom Willen, die höchſte
Stufe, die der Menſch erreichen kann.   „In dem Maße", und ich führe
abermals Schopenhauer's eigne Worte an, „als in dem auffſteigenden
Thierreiche der Intellekt ſich immer mehr entwickelt und vollkommener
auftritt, ſondert ſich das Erkennen immer deutlicher vom
Wollen und wird dadurch reiner."**)   Um zu zeigen, wie eng bei
Schopenhauer ſelbſt dieſer Satz mit der Aeſthetik zuſammenhängt, und
wie nothwendig es iſt, daß ich von hier aus den Faden zur weitern Ent=
wickelung meiner Anſicht aufnehme, muß ich noch eine längere Stelle
aus demſelben Kapitel anführen.   „Die Objektivität der Erkenntniß,
und zunächſt der anſchauenden, hat unzählige Grade, die auf der Energie
des Intellekts und ſeiner Sonderung vom Willen beruhen und deren

---

*) Genesis III. 7.
**) W. als W. u. Vorſt. Bd. II. Cap. 22.

höchster das Genie ist, als in welchem die Auffassung der Außenwelt
so rein und objectiv wird, daß ihm in den einzelnen Dingen sogar mehr
als diese selbst, nämlich das Wesen ihrer ganzen Gattung, d. i. die
platonische Idee derselben, sich unmittelbar aufschließt, welches dadurch
bedingt ist, daß hierbei der Wille gänzlich aus dem Bewußtseyn schwindet. Hier ist der Punkt, wo sich die gegenwärtige, von
physiologischen Grundlagen ausgehende Betrachtung an den Gegenstand unseres dritten Buches, also an die Metaphysik des Schönen anknüpft, woselbst die eigentlich ästhetische Auffassung, die im höhern
Grade nur dem Genie eigenthümlich ist, als den Zustand des reinen,
d. h. völlig willenlosen und eben dadurch vollkommen objektiven Erkennens ausführlich betrachtet wird. Dem Gesagten zufolge ist die Stei-
gerung der Intelligenz, vom dumpfesten thierischen Bewußtseyn bis
zu dem des Menschen, eine fortschreitende Ablösung des Intellekts vom Willen, welche vollkommen, wiewohl nur ausnahmsweise
im Genie eintritt; daher kann man dieses als den höchsten Grad der
Objectivität des Erkennens definiren.“

Ich habe die Worte: „daß hierbei der Wille“ u. s. w. selbst unter-
strichen, damit der Leser die Sache nicht falsch auffasse, und glaube,
der Wille sei beim Genie überhaupt als entkräftet oder gar als erloschen zu denken; dies ist keineswegs der Fall; im Gegentheil erklärt
sich Schopenhauer — und er steht in dieser Behauptung nicht verein-
zelt da — deutlich genug dahin, daß, je bedeutender die geistige Begabung eines Individuums, desto mächtiger werde es auch von dem Willen mit seinem Heere von Wünschen, Begierden und Leidenschaften
bewegt*); nur in der Ausübung seiner Fähigkeiten, bei der Thätigkeit

---

*) „Andererseits nun,“ heißt es bei Sch. in d. „Parerga u. Paral.“, „hat
die gesteigerte Intelligenz eine erhöhte Sensibilität zur unmittelbaren Bedingung

des Genies, sei es auf welchem Felde es wolle, löst sich der Intellekt immer mehr vom Willen, emancipirt sich von ihm und wird dieser Wille aus dem Bewußtsein schwinden. Ist er jedoch nur in einem schwachen Grade vorhanden, so wird es zu keiner großen Leistung kommen, so werden wir statt des Genies die Mittelmäßigkeit oder den trockenen Pedanten erkennen*). Einen solchen hat uns Göthe im Wagner gezeichnet. Der Wille ist bei ihm auf ein Minimum reducirt, ja fast als verschwunden zu denken; dem entsprechend ist aber auch seine intellektuelle Begabung nur niedern Grades, sein geistiges Caliber ein geringes. Er ist ein echter Bücherwurm.

---

und größere Heftigkeit des Willens, also die Leidenschaftlichkeit, zur Wurzel." — Shakspeare, Burns, Byron und Göthe selbst mögen als Beleg dienen. Von letzterem bemerkte ohnlängst ein Kritiker, im Einklang mit der hier ausgesprochenen Behauptung, sehr richtig: „Seine durch den gewaltigsten Naturtrieb geweckte und beiläufig durch das Beispiel der Alten geläuterte sinnliche Anschauung verkörperte sich unmittelbar in dem geistigen Elemente seiner Einbildungskraft, für welche der Verstand mehr nicht als eine regulative Berechtigung hatte. Grund genug, daß man Göthe als den größten deutschen Dichter rühmen könnte. Schiller entbehrte der gewaltigen Naturkraft und Fülle des Göthe'schen Anschauungs- und Vorstellungsvermögens. Lessing ist durch und durch Reflexionsdichter." S. Wissensch. Beil. d. Augsb. A. Z. Nr. 365. 1858.

*) „So lange bei einer Unterredung der Intellekt allein thätig ist, bleibt solche kalt. Es ist fast, als wäre der Mensch selbst nicht dabei. Erst wenn der Wille ins Spiel kommt, ist der Mensch wirklich dabei; jetzt wird er warm, ja es geht oft heiß her. Immer ist es der Wille, dem man die Lebenswärme zuschreibt: hingegen sagt man der kalte Verstand, oder eine Sache kalt untersuchen, d. h. ohne Einfluß des Willens denken." W. als W. u. V. Bd. II. K. 19. p. 229. Bei den exakten Wissenschaften wird ein solcher vom Wollen nicht beeinflußter Intellekt allerdings ein Vorzug sein, und jener Mathematiker war groß in seiner Art, auch wenn er nach dem Anhören eines schönen Gedichts fragen konnte: „Wozu nützt es?" Zu künstlerischen Schöpfungen aber, — und hierzu zähle ich mit Schopenhauer das Aufstellen eines philosophischen Systems, wie sehr auch der Schein hierbei oft trügen mag, — ja zu literarischen Produkten jeder Art, die über das Gewöhnliche sich erheben, reicht der kalte Verstand allein nicht aus, und muß das Herz, dessen Wurzel der Wille ist, hinzukommen.

„Wie anders tragen uns die Geistesfreuden,"

ruft er entzückt aus,

„Von Buch zu Buch, von Blatt zu Blatt! ...
Und ach! entrollst Du gar ein würdig Pergament,
So steigt der ganze Himmel zu Dir nieder."

Wohingegen Faust's Wesen in scharfem Gegensatz durch seine Antwort uns sofort offenbart wird:

„Du bist Dir nur des einen Triebs bewußt;
„O lerne nie den andern kennen!
„Zwei Seelen wohnen, ach! in meiner Brust,
„Die eine will sich von der andern trennen;
„Die eine hält, in derber Liebeslust,
„Sich an die Welt, mit klammernden Organen;
„Die andre hebt gewaltsam sich vom Duft
„Zu den Gefilden hoher Ahnen."

Um jedoch möglichst schnell des trockenen Wagners uns zu entledigen, fertigen wir ihn, so weit dies thunlich, gleich hier ab, und lassen einen Strahl von der Sonne, die uns das Stück beleuchten soll, auf ihn fallen, damit er, bei Schopenhauer'schem Lichte besehen, uns zum Typus seiner Gattung werde.

Wenn das Volk dem Faust Verehrung zollt und seine Wunderkuren rühmt, da bricht der gute Philister — denn es giebt auch gelehrte Philister — in die Worte aus:

„Welch ein Gefühl mußt Du, o großer Mann,
„Bei der Verehrung dieser Menge haben!
„O glücklich, wer von seinen Gaben
„Solch einen Vortheil ziehen kann!" u. s. w.

Doch Faust belehrt ihn eines Bessern. Es ist als ob er ihm zuriefe: „Du sprichst, wie Du's verstehst mein Sohn" — ich aber sage Dir: „mundus vult decipi et decipiatur". Oder auch, könnte man

in den Worten jenes reichen Invaliden fortfahren und sie auf den
vorliegenden Fall anwenden, wenn er hinzusetzt: „Nur Schuhe mangeln
Dir, die Füße mir!"   Wagner wenigstens lebt im Wahne, als ob er
die Füße hätte, d. h. als ob die Wissenschaft unerschütterlich fest stünde
und ebenso er selbst auf deren Boden, und nur die Schuhe ihm man-
gelten, d. h. er nur den richtigen Gebrauch nicht verstünde, während
bei Faust das Gegentheil der Fall ist.   Für die Naturschönheiten hat
eine so trockene Seele wie die Wagners keinen Sinn.   Die Elemente
haben nichts Großartiges für ihn, sie sind ihm nur störend.

> „Man sieht sich leicht an Wald und Feldern satt,"

und wieder:

> „Von Norden drängt der scharfe Geisterzahn
> „Auf Dich herbei, mit pfeilgespitzten Zungen" u. s. w.

Wie kalt und dürftig seine Einbildungskraft, zeigt sich recht deutlich
beim Auftreten des Pudels.   Für ihn ist's eben ein Pudel.   Für des
„Pudels Kern" reicht sein borniertes Auge natürlich nicht hin.   Kindisch
bewundert er des Hundes Kunststücke; da hat Faust's Geduld mit dem
lästigen Menschen ein Ende: —

> „Du hast wohl Recht; ich finde nicht die Spur,"

so lautet Faust's Abfertigung,

> „Von einem Geist —

(und wir wissen, wem er diesen abspricht)

> und Alles ist Dressur."

Ja wohl, giebt es dressirte Gelehrte, ebenso gut wie abgerichtete Hunde;
nur daß man es bei jenen nicht „dressirt", sondern „geschult" nennt.
Glaubt man aber, Wagner hätte in der Bemerkung Faust's irgend

etwas Anzügliches gefunden, so irrt man sehr. Von einer Beziehung
auf ihn selbst und die seines Gelichters hat er nicht die entfernteste
Ahnung. Er muß auch nach der gewohnten Weise der Dummköpfe,
wenn man so thöricht gewesen, sich in einen Streit mit ihnen einzulassen, das letzte Wort haben und bei seinem Eigensinn oder Unverstand
beharren.

> „Dem Hunde, wenn er gut gezogen,
> „Wird selbst ein weiser Mann gewogen.
> „Ja, Deine Gunst verdient er ganz und gar,
> „Er, der Studenten trefflicher Scolar."

So trifft er unbewußt zuletzt das Richtige, indem er den Hund
als „Scolar" bezeichnet und ihn in Beziehung zu den „Studenten"
setzt, wohlverstanden, zu solchen Studenten, wie er selbst einer ist.
„Wie der Lehrer, so der Schüler", heißt es da. Doch, Gottlob, wir
sind seiner hier los und hören in der Tragödie wenigstens — denn wir
werden doch nicht vermeiden können seiner nochmals zu erwähnen —
nichts weiter von ihm. Ein solcher Mensch konnte nur auftreten, um
wieder spurlos zu verschwinden. In die Speichen des gewaltigen,
ewig rollenden und treibenden Weltrades ist seines Gleichen nicht berufen oder geeignet einzugreifen. Ihn selbst aber reißt es mit hinab
ins Meer der Vergessenheit, und nur seine Gattung stirbt nicht aus. —
Verweilen wir nun bei Faust. Bereits haben wir oben eine
hochwichtige Stelle angeführt, die ihn deutlich genug kennzeichnet.
Man hat oft als den eigentlichen Kern des Dramas Faust's Wunsch oder
Streben hervorgehoben, Alles zu genießen, dessen der Mensch überhaupt
fähig ist, alle Phasen des Daseins zu durchlaufen, kurz die Kämpfe und
Bestrebungen der ganzen Menschheit für sich selbst zu übernehmen und
in sich zu vereinigen. Um dies leisten zu können, — denn insofern Faust's
Persönlichkeit betheiligt ist, kann ich diese Auffassung gelten lassen, —

2*

muß er nothwendigerweise auch den Sinn für alle Genüsse und Bestrebungen in sich tragen. Daß dem so ist, das kündigt uns in der
That schon der erste Monolog an. Zu seinem Wissen von allen
Dingen ist hier das Bewußtsein von dem Wissen hinzugetreten; er ist
in seinem bisherigen unaufhaltsamen Streben zum Stillstand gebracht,
er fühlt es, daß sein Wissen nur Flick= und Stückwerk ist und ihm
keine Befriedigung zu gewähren vermag und nun stellt sich bei ihm
das unwiderstehliche Verlangen nach der Wahrheit, nach der ganzen,
vollen Wahrheit ein. So ist er in ein Stadium getreten, welches weit
mehr von Krankheit als von Gesundheit an sich hat.

Hören wir zunächst wie sich Schopenhauer über diesen Punkt
äußert. „Je niedriger der Mensch in intellektualer Hinsicht steht",
sagt er im Kapitel „Ueber das metaphysische Bedürfniß des Menschen",
desto weniger Räthselhaftes hat für ihn das Dasein selbst: ihm scheint
vielmehr sich Alles, wie es ist, und daß es sei, von selbst zu verstehen.
Dies beruht darauf, daß sein Intellekt seiner ursprünglichen Bestimmung,
als Medium der Motive dem Willen dienstbar zu sein, noch ganz treu
geblieben und deshalb mit der Welt und Natur als integrirender Theil
derselben, eng verbunden, folglich weit entfernt davon ist, sich vom
Ganzen der Dinge gleichsam ablösend, demselben gegenüber zu treten
und so einstweilen als für sich bestehend, die Welt rein objektiv aufzu-
fassen. Hingegen ist die hieraus entspringende philosophische Verwun-
derung im Einzelnen durch höhere Entwickelung der Intelligenz bedingt,
überhaupt jedoch nicht durch diese allein, sondern ohne Zweifel ist es
das Wissen um den Tod, und neben diesem die Betrachtung des Leidens
und der Noth des Lebens, was den stärksten Anstoß zum philosophischen
Besinnen und zu metaphysischen Auslegungen der Welt giebt. Wenn
unser Leben endlos und schmerzlos wäre, würde es vielleicht doch
Keinem einfallen zu fragen, warum die Welt da sei und gerade diese

Beschaffenheit habe; sondern eben auch sich Alles von selbst verstehen."
Diese Worte bedürfen keiner Erläuterung. Aber auch der Dichter des
Faust selbst hat diesen Zustand aufs treffendste im „Tasso" geschildert:

> „Ich halte diesen Drang vergebens auf,

(läßt er dort den Dichterhelden sagen)

> „Der Tag und Nacht in meinem Busen wechselt.
> „Wenn ich nicht sinnen oder dichten soll,
> „So ist das Leben mir kein Leben mehr!
> „Verbiete Du dem Seidenwurm zu spinnen —
> „Wenn er sich schon dem Tode näher spinnt,
> „Das köstlichste Gewebe entwickelt er
> „Aus seinem Innersten und läßt nicht ab,
> „Bis er in seinen Sarg sich eingeschlossen."

Der Vergleich mit dem Seidenwurm ist Beweis genug dafür, daß
auch Göthe diesen Drang als einen krankhaften angesehen. Nebenbei
ist die Stelle auch in Bezug auf unsre einleitenden Bemerkungen von
Wichtigkeit: denn eine schönere und kräftigere Stütze könnte unsrer
dortigen Zusammenstellung des Dichters mit dem Philosophen nicht
werden, als in dem Ausspruch Göthe's: „Wenn ich nicht sinnen oder
dichten soll". Doch dies beiläufig. Alles kommt nun darauf an, wie
man sich aus dem krankhaften Zustande wieder herausarbeitet, wie man
die Genesung der Seele oder des Geistes zu erlangen sucht, welche
Mittel man ergreift, um das Heil, die Versöhnung, oder wenn man will,
die Erlösung zu erreichen. Nach Schopenhauer führen zwei Wege zu
diesem Ziele. Der eine ist der der reinsten und höchsten Erkenntniß,
welcher sich als Anschauung in der Kunst und als Reflexion in der
Philosophie äußert und der andere, der der selbstempfundenen Leiden.
Hier sei zur näheren Erklärung eine unsern Gegenstand direkt betreffende Stelle angeführt. „Es giebt nur einen angebornen Irrthum",
sagt Sch. in dem Kapitel über „die Heilsordnung", und es ist der, „daß

wir da sind, um glücklich zu sein". „Auch die eigenthümliche Wirkung
des Trauerspiels", heißt es dann, „beruht im Grunde darauf, daß es
jenen angebornen Irrthum erschüttert, indem es die Vereitelung des
menschlichen Strebens und die Nichtigkeit dieses ganzen Daseins an
einem großen und frappanten Beispiel lebhaft veranschaulicht und hier=
durch den tiefsten Sinn des Lebens aufschließt; weshalb es als die er=
habenste Dichtungsart anerkannt ist". — Im vorliegenden Falle werden
uns beide Wege gezeigt; Faust nämlich werden wir, jedoch nur auf
kurze Frist, auf dem einen — dem des reinen Strebens nach Erkenntniß,
antreffen, während Gretchen auf dem gefahrvollen und schwer zu be=
stehenden zweiten sich befindend uns vorgeführt wird.   Im weiteren
Verlaufe des Dramas werden wir Faust verschiedene Phasen durch=
laufen, in Allem sich versuchen sehen; wir werden Zeuge davon sein,
wie er, gleichsam ein Neugeborner, ins Leben sich stürzt, um Alles zu
genießen, was es bietet, wobei er freilich auch dessen Leiden nicht wird
entgehen können, die namentlich am Ende mit all ihrer Macht ihn er=
fassen und über ihn hereinbrechen werden. Ganz besonders aber
werden wir ihn mit Mephistopheles, seinem andern Ich, dem bösen
Princip in ihm, ringen sehen, bis dieser endlich nach langem wechsel=
vollen Kampfe die Oberhand gewonnen haben und Faust ihm anheim=
gefallen sein wird.   Daß Mephisto nebenbei seine eigne Rolle spielt,
und sogar seine besondere affaire d'amour hat, wird dieser Auslegung
beim verständigen Leser hoffentlich keinen Eintrag thun, aber auch
ebensowenig für ihn einer Erklärung bedürfen.

    Was wir zunächst im Mephisto wahrnehmen, ist seine entschiedene
pessimistische Weltanschauung. Schon im Himmel, wo er ganz augen=
scheinlich und unstreitig in Nachahmung des Satans im Hiob, seinen
Auftrag sich holt — denn, „wer ist, der spräche und es geschieht, so der
Herr nicht geboten? Daß nicht käme aus dem Munde des Höchsten,

das Böse wie das Gute?" — kündigt sich diese pessimistische Anschauung
in den Worten an:

> „Von Sonn' und Welten weiß ich nichts zu sagen,
> „Ich sehe nur, wie sich die Menschen plagen."

Ferner:

> „Nein, Herr, ich find' es dort, wie immer, herzlich schlecht.
> „Die Menschen dauern mich in ihren Jammertagen,
> „Ich mag sogar die armen selbst nicht plagen."

Und hier ein Wort über den Pessimismus. Auch Schopenhauer ist
Pessimist — und Viele können sich gerade wegen dieser, allerdings
etwas grell hervortretenden Seite seines Systems mit demselben nicht
befreunden. Ist er aber deshalb ein Mephistopheles oder seine Philosophie mephistophelisch? Allerdings wäre sie das, wenn diese pessimistische Seite unvermittelt darin bliebe und er auf diesem gefährlichen
Standpunkte beharrte. Dem ist aber nicht so. Er legt den Leiden des
Lebens, und mit Recht, eine Heilkraft bei, und da das Endziel seines
Systems auf die Entsagung, auf das Nichtwollen und die (christliche)
Askese hinausläuft, so sind sie ihm eben zur Läuterung des Willens und
seiner Erlösung ein nothwendiges Moment. Ohne diesen, oben als
den zweiten bezeichneten Weg, würde, so sagt er ausdrücklich, für die
Meisten kein Heil zu hoffen sein. So beurtheilt er auch die verschiedenen Religionssysteme nicht danach, ob sie monotheistisch oder panthe-
istisch, sondern ob sie optimistisch oder pessimistisch sind. Es wäre uns
hier eine passende Gelegenheit geboten, seine Be- oder vielmehr Verur-
theilung des Judenthums — seiner Meinung nach die Quelle des Opti-
mismus — zu bekämpfen, den Beweis zu führen, wie es einerseits als
solche vollkommen berechtigt ist, andererseits aber den Leiden die nämlichen Vorzüge zuerkennt wie er selbst. So würde ich z. B. statt wie
er, an der betreffenden Stelle, auf Lamartine's hymne à la douleur,

deren Schönheit ich wohl zu würdigen weiß, und die ich selbst unzählige
Mal zu meinem Troste in Stunden der Prüfungen gelesen und wieder
gelesen habe, mich auf den königlichen Psalmisten berufen, wenn er, um
nur einen der vielen ähnlichen Aussprüche hervor zu heben, begeistert
ausruft: „Wohl mir, daß ich leiden mußte, damit ich deine Gebote er-
lerne"; allein ich enthalte mich jeder weitern Begründung meiner Auffassung vom Judenthume und dessen Vindicirung, da diese Schrift
durchaus keine polemische Tendenz hat und haben soll. Im Gegentheil
möge der beiläufige Hinweis auf das von Schopenhauer mißkannte
Judenthum genügen, gerade ihn zu rechtfertigen und zu zeigen, daß
eine Weltanschauung ohne Berücksichtigung der Schattenseiten des
Lebens, ohne eine pessimistische Färbung einseitig und lückenhaft wäre
und der Wirklichkeit nicht entspräche. Eine andere Frage jedoch ist die,
ob auch die von ihm aufgestellte und geforderte Askese mit gleichem
Rechte vertheidigt werden könne, ob er mit dieser Forderung das Richtige
getroffen hat? Hierüber später. Kehren wir nach dieser Digression
zu Mephisto zurück.

In diesem erkennen wir den reinen Pessimisten; indessen ist er
auch kein Ganzes, sondern stellt, wie bereits gesagt, nur die eine
Hälfte des Faust, seinen Widerpart, dar und findet an ihm erst
seine Ergänzung. Somit findet auch das „Böse" überhaupt seine Erklärung und werden wir hier wieder auf den bekannten Spruch Pope's
zurückgeführt: „Ein theilweises Uebel ist ein allgemeines Gute".

Wenden wir uns jetzt wiederum zu Faust. In Allem enttäuscht
und von Ueberdruß an den mannigfaltigen Wissenschaften, die er verfolgt, erfüllt, nimmt er einen gewaltigen Anlauf und erkühnt sich, den
Weltgeist selbst bannen und befragen zu wollen. Mit dem Intellekt
aber hat er gebrochen: — nicht mehr mag er in Worten kramen —
nicht mehr bildet er sich ein, er könne „was lehren, die Menschen zu

beſſern" — die luftigen Gebäude des trocknen Verſtandes ſind einge=
ſtürzt — nichts als Rauch und Moder, Thiergerippe und Todtenbein
erblickt er um ſich — da ſchlägt er das Buch auf und erblickt das Zei=
chen des Makrokosmus — in Schopenhauers Sprache: er findet den
Schlüſſel, der ihm das Innere der Welt erſchließt, und was iſt es an=
ders als der Wille, der mächtige, freie, allwaltende Wille, der Alles
durchbringt, in aller Weſen lebt? (während der Intellekt jedesmal nur
dem beſonderen Individuum angehört, der Verſtand — und zwar nicht
blos der der Unterthanen — in Wahrheit „beſchränkt" iſt).

„Ha! welche Wonne,"
ruft er jetzt,
<blockquote>
„fließt in dieſem Blick
„Auf einmal mir durch alle meine Sinne!
„Ich fühle junges, heil'ges Lebensglück
„Neuglühend mir durch Nerv' und Adern rinnen."
</blockquote>
Doch der Leſer hat den Monolog vor ſich, um ſelbſt weiterleſen zu kön=
nen, und ich zweifle nicht der Sinn jeder Zeile wird ſich ihm in einem
neuen, ſchlagenden Lichte offenbaren.

In dieſer Stimmung, oder richtiger mit dieſer ſo eben gewonnenen
neuen Erkenntniß ausgerüſtet und von ihr angeſpornt und ermuthigt
ruft er dem Geiſte. Doch dies war eine Ueberſtürzung, der ein Zu=
ſammenſtürzen folgen mußte. Siegestrunken, weil es ihm gelungen,
auf einen Moment den Geiſt feſtzuhalten — d. h. ihn im Geiſte zu
ſchauen — wird er doch bald in ſich erſchüttert, wird ihm bang. „Weh,
ich ertrag' Dich nicht!" (Wer wird hier nicht an die Worte der heil.
Schrift erinnern: „denn es ſieht mich der Menſch nicht und lebt!"?)
ruft er aus; — bei ſeiner erhitzten Einbildungskraft wird er irre an
ſich ſelbſt — ſeine eigene Identität wird ihm zweifelhaft, und gerade
deshalb will er ſich ihrer vergewiſſern und ſtammelt — denn an=
ders dürfen die folgenden Zeilen kaum aufgefaßt werden, wenn ſie

richtig vorgetragen werden sollen — zitternd und mit schwankender Stimme die Worte hervor:

> „Soll ich Dir, Flammenbildung, weichen?
> „Ich bin's, bin Faust, bin Deines Gleichen!"

Und als er, nach der fernern Rede des Geistes, die eher ein Monolog als eine Entgegnung auf Faust's Worte ist, neuen Muth fassend, sich erkeckt, ihm zu sagen:

> „Wie nah' fühl' ich mich Dir!"

da wird ihm der zermalmende Bescheid:

> „Du gleichst dem Geist, den Du begreifst,
> „Nicht mir!"

und der Geist verschwindet.

Sehen wir nun, wie dies mit Schopenhauer's Lehre zusammenstimmt. Was der Wille sei, ist eine Frage, die nie zu beantworten: „weil," sagt er, „das Erkanntwerden selbst schon dem Ansichsein widerspricht, und jedes Erkannte schon als solches nur Erscheinung ist." So lange man von der Vorstellung ausgeht, also auf dem Wege der objektiven Erkenntniß stehen bleibt, wird man, meint er, nie über die Vorstellung, die Erscheinung, hinausgelangen, wird also bei der Außenseite der Dinge stehen bleiben, nie aber in ihr Inneres dringen und erforschen können, was sie an sich selbst, d. h. für sich selbst, sein mögen. „So weit," sagt er dann, „stimme ich mit Kant überein. Nun aber habe ich, als Gegengewicht dieser Wahrheit, jene andere hervorgehoben, daß wir nicht blos das erkennende Subjekt sind, sondern andrerseits auch selbst zu den zu erkennenden Wesen gehören, selbst das Ding an sich sind; daß mithin zu jenem selbsteigenen und inneren Wesen der Dinge, bis zu welchem wir von außen nicht bringen können, uns ein Weg von innen offen steht, gleichsam ein unterirdischer Gang, eine geheime Verbindung, die uns, wie durch Verrath, mit Einem Male in die Festung versetzt, welche durch Angriff von außen zu nehmen unmöglich war. Das Ding an sich kann, eben als solches, nur ganz unmittelbar ins Bewußtsein kommen, nämlich dadurch, daß es sich selbst seiner bewußt wird: es objektiv erkennen wollen, heißt etwas Widersprechendes verlangen. Alles Objektive ist Vorstellung, mithin Erscheinung, ja bloßes Gehirn= phänomen." Hat Schopenhauer hier einen Kommentar zur oben ge= schilderten Scene geschrieben, oder hat Göthe etwa umgekehrt mit dramatischer Meisterschaft diese Stelle veranschaulichen und verkörpern wollen? Hoffentlich fühlt der Leser gleich mir sich versucht zu der einen oder der andern dieser Vermuthungen, wie grundlos sie auch beide sind, sich hinzuneigen.

Faust hat sich von seiner Bestürzung kaum erholt, da tritt die äußere Welt wieder an ihn heran, und zwar in der Person seines von uns bereits abgefertigten Famulus, des trockenen Schleichers, der „die Fülle der Gesichte" mit seiner Philisterei „stören muß." Ihn, den Pedanten, kennen wir schon. Wir übergehen daher die Scene und laden den Leser ein, uns weiter zu folgen, um Faust wieder bei seinem Selbstgespräche zu belauschen. Es ist hochwichtig und belehrend. Lassen wir uns kein Wort entgehen. In einer Hinsicht ist es heller in seinem Geiste geworden, hat er eine klarere Einsicht gewonnen, jedoch nur um in einer anderen, ihn, seine eigenste Person selbst betreffend, in desto größere Unklarheit und Rathlosigkeit gestürzt zu werden.

> „Wer lehret mich? was soll ich meiden?
> „Soll ich gehorchen jenem Drang?"

fragt er verlegen. Ich werde mich jedoch nicht vermessen, den wunder= baren, tiefsinnigen Monolog erläutern zu wollen, oder durch meine

Bemerkungen abzuschwächen. Ich hoffe auch, es ist dies ganz über=
flüssig, denn nach dem Vorangegangenen wird er dem Leser eben so
klar sein wie mir selbst. Verfolgen wir also seine Schritte. In die=
sem Leben giebt es keinen Trost mehr für ihn; hier, glaubt er, könne er
die Erlösung nicht finden, und in entschlossener Verzweiflung greift er
endlich zur Phiole — da ertönt der Chor der Engel. Es ist die
Stimme der Religion, die er in seinem Busen vernimmt; es sind die
Nachklänge jugendlicher Frömmigkeit und Gottseligkeit, die in ihm laut
werden. „Die Botschaft hört er wohl, allein ihm fehlt der Glaube."
Hier halten wir ein, um zu hören, welche Ansicht Schopenhauer über
die Religion hegt. Vielleicht wird uns dann auch diese Scene ins
rechte Licht gestellt. — „Unter Metaphysik," sagt er in dem bereits ange=
führten Kapitel „Ueber das metaphysische Bedürfniß des Menschen,"
„verstehe ich jede angebliche Erkenntniß, welche über die Möglichkeit
der Erfahrung, also über die Natur, oder die gegebene Erscheinung der
Dinge, hinausgeht, um Aufschluß zu ertheilen über Das, wodurch jene,
in einem oder dem andern Sinne, bedingt wäre.... Nun aber setzt die
große ursprüngliche Verschiedenheit der Verstandeskräfte, wozu noch
die der viele Muße erfordernden Ausbildung derselben kommt, einen
so großen Unterschied zwischen die Menschen, daß, sobald ein Volk sich
aus dem Zustande der Rohheit herausgearbeitet hat, nicht wohl eine
Metaphysik für Alle ausreichen kann; daher wir bei den civilisirten
Völkern durchgängig zwei verschiedene Arten derselben antreffen, welche
sich dadurch unterscheiden, daß die eine ihre Beglaubigung in sich, die
andere außer sich hat.... Die Systeme der zweiten Art sind unter
dem Namen der Religionen bekannt. Ihre Beglaubigung ist, wie ge=
sagt, äußerlich, und heißt als solche Offenbarung, welche dokumentirt
wird durch Zeichen und Wunder." Den angegebenen Unterschied
also festgehalten, stehen bei ihm Religion und Philosophie auf gleicher

Stufe, insofern sie nämlich denselben Inhalt haben und auf ein und
dasselbe Ziel hinauslaufen. So läßt auch Göthe zuerst die Religion
auftreten und läßt sie ihren Einfluß auf Faust versuchen. Allein sie
hat ihre Macht über ihn verloren.

> „Klingt dort umher, wo weiche Menschen sind" u. s. w.

Indessen kann sie ihm auch, bei dem Mangel an Glauben — wie wir ge=
sehen, das sine qua non der Religion als solcher — den erhabenen Trost
nicht mehr gewähren, so sind doch die Jugendeindrücke immer noch
mächtig genug, ihn „vom letzten, ernsten Schritt" zurückzuhalten. Daß
aber die Religion ihre beseligende Kraft für ihn nicht mehr hat, das
erfüllt ihn mit Wehmuth:

> „O tönet fort, ihr süßen Himmelslieder!"

Beglückt die Menge, die noch im Glauben beharrt, ihr „ist der Meister
nah," nein, noch mehr, ihr „ist er da!" — Faust selbst aber ist wenig=
stens dem Leben wieder erhalten:

> „— — Die Erde hat mich wieder!"

Und so steigen wir hinab mit ihm zur Erde und begleiten wir ihn zum
Thore hinaus.

Ein fröhliches Leben begegnet uns hier. Wir sehen die sogenann=
ten Alltagsmenschen lustwandeln, die in den Tag hineinleben, ohne
über das Woher? oder Wohin? zu grübeln, da es ihnen ja der Prie=
ster erst diesen Morgen von der Kanzel herab gesagt, oder das Buch
der heiligen Schrift sie darüber belehrt hat, — und was jener sagt
und was in diesem geschrieben steht, dem bringen sie ein empfängliches
Gemüth, einen wahrhaft kindlichen Glauben entgegen, der sich
durch nichts beirren läßt, an dem der Wurm des Zweifels nicht nagt.

So das Herz von ruhiger Hoffnung erfüllt und die Augen gen
Himmel gerichtet, sind sie zugleich echte Kinder der Erde und schlürfen
in langen Zügen die Heiterkeit des Daseins. Der Anblick einer solchen
Scene wirkt selbst auf unsern Faust noch wohlthuend; sind auch die
Pforten dieses Paradieses für ihn verschlossen, hat er auch für seine
Person es verloren und irrt nun unstät umher, harrt auch seiner ein
langer Weg und ein harter Kampf, ehe er wieder geläutert und gleichsam wiedergeboren den Zugang zu demselben gefunden und es sich
erobert haben wird, so ist doch der sympathetische Funke für solchen rein
menschlichen Genuß in ihm nicht erloschen, so fühlt er sich doch durch
die Freude Anderer lebhaft angeregt, und es tritt sogar für ihn ein
Moment ein, wo er sich wieder ganz Mensch fühlt: — es ist ein Son-
nenblick in der Dunkelheit, die ihn jetzt umgiebt. So endet die schöne
Betrachtung, die, dem Chor der griechischen Tragödie ähnlich, zur Erläuterung der vorangegangenen Scene dient, mit den Worten:

> „Hier bin ich Mensch, hier darf ich's sein!‘

Und was hat der trockne Wagner darauf zu erwidern? Er hat vielleicht
gerade diesen Morgen seinen Horaz — den er übrigens nur schlecht
versteht — vor sich gehabt und sich das herausgenommen, was ihm im
stolzen Bewußtsein seiner gelehrten Ueberlegenheit am besten zusagt:
„odi profanum vulgus et arceo!" das ist seine Antwort.

Noch fröhlicher als unter den Städtern geht es unter den Bauern
her. Freilich stecken sie aber auch noch tiefer in der Unwissenheit. Das
nun folgende Gespräch zwischen Faust und Wagner übergehen wir hier,
da wir schon oben Gelegenheit gehabt haben, den Kern desselben hervor-
zuheben und zu erläutern.

Wir finden Faust im Studirzimmer; die Nacht auf Feld und
Auen hat die bessere Seele in ihm geweckt; die wilden Triebe, die kurz

vorher in ihm lebendig worden waren, sind entschlafen — aber auch nur entschlafen, um nachher mit Ungestüm zu erwachen. — „Es reget sich die Menschenliebe" — das kleine Ich, mit dem allein er beschäftigt gewesen, ist durch den herzerweiternden Anblick im Freien und im Gewühl des Lebens in den Hintergrund getreten — das Herz schlägt wieder fürs Ganze, fürs große All, — ja, „die Liebe Gottes regt sich nun." Aber schon stört ihn der Pudel mit seinem Knurren, denn ganz geheuer ist es in Fausts Busen doch nicht. Noch schlimmer wird das Heulen, während er die Auslegung des geoffenbarten Wortes versucht. Wer hätte es nicht schon an sich erfahren, wie die unheiligen Gelüste sich zuweilen gerade dann am heftigsten fühlbar machen, wenn wir mit heiligen Dingen uns beschäftigen; wie die irdischen Begierden uns gerade dann hinabzuziehen sich bemühen, wenn der bessere Theil in uns das Höhere anstrebt und seinem Zuge nach dem Himmel folgen möchte? Gern möchten wir dem „alten Adam" oder auch dem Mephistopheles in uns die Thür weisen, allein er spottet unsrer Ohnmacht und behauptet seinen Platz. Wären wir, wie Dr. Faust, der Magie ergeben, so würden wir wohl auch Zaubermittel, cabbalistische Sprüche und Beschwörungsformeln anwenden — denn wenn der Glaube gewichen, so tritt gar oft der Aberglaube an seine Stelle — indessen sowohl die Kenntniß der Magie als auch der Glaube an sie ist bei uns ausgestorben oder wird wenigstens zu einem solchen Zwecke nicht verwendet. Der Nachsatz war nothwendig: denn während ich „ausgestorben" hinschrieb, fiel mir ein, wie wir in unserm, seiner echten Aufklärung wegen hochgerühmten 19. Jahrhundert, und zwar erst in den allerletzten Jahren desselben, selbst Männer der Wissenschaft, mit Tischrücken, Geisterklopfen und allerhand derartigen Allfanzereien sich befassen sahen. Wir wollen hier keine Jeremiaden über eine solche Erscheinung niederschreiben, wir wollen nicht über die Verfinsterung, die in vielen Kreisen noch

immer herrſcht — und wovon die Zeitungen der auffallenden Beiſpiele
genug uns erzählen — ein Klagelied anſtimmen; vielmehr, den Leſer
auch hier wieder auf Schopenhauer verweiſen, denn merkwürdiger=
weiſe iſt es gerade wieder in ſeinem Syſteme, wo der Wahrheits=
kern, der in der Magie verborgen liegt, ſeine Erklärung, wo dieſe
Wiſſenſchaft ihre Begründung findet, kurz, wo auch der ſogenann=
ten Nachtſeite des Lebens mit allen ihren räthſelhaften Erſcheinungen,
ihre richtige Stelle angewieſen iſt. Das ſpecielle Kapitel befindet ſich
in dem 1. Bande der „Parerga und Paralipomena", iſt überſchrieben:
„Verſuch über das Geiſterſehen und was damit zuſammenhängt," und
hat die folgende Stelle aus Göthe zum Motto:

„Und laß Dir rathen, habe
Die Sonne nicht zu lieb und nicht die Sterne;
Komm, folge mir ins dunkle Reich hinab!"

Kehren wir zurück zu Fauſt. Des Pudels Kern iſt ihm klar geworden,
es iſt kein anderer als Mephiſto, der hinter ihm geſteckt hat. Nach
einer jübiſchen Sage verbanken die Laſter folgenden 4 Müttern (Quel=
len), auch Teufel genannt, ihren Urſprung, nämlich: der Lilith (der Un=
wiſſenheit), der Naama, (dem Vergnügen), der Igereth, (der Einbildungs=
kraft, der umherirrenden Phantaſie) und endlich der Machlath, (der
Geiſtes= und Körperſchwäche). Sie werden begleitet von Schaaren der
unreinen Geiſter, (der Begierden); Jeder beherrſcht eine der 4 Jah=
reszeiten oder der 4 Hauptperioden des Lebens. So herrſcht die Un=
wiſſenheit in der Kindheit, das Vergnügen in der Jugend, die Phantaſie
im Mannes= und die Geiſtesſchwäche im Greiſenalter. Sie alle ſam=
meln ſich in der Gegend des Berges Niſchpah (Zwielicht), womit auf
die unglücklichen Weſen angeſpielt wird, welche kaum vom trägen
Schlummer erwachen, in welchen ſie der Aberglaube gewiegt hat, als
ſie auch bei dem dämmernden Lichte der erſteren, das kaum ihr eignes

Dunkel wahrnehmen läßt, gern in die Geheimnisse der Natur einbrin=
gen möchten und sich daher in Spekulationen einlassen, die weit über
ihre Kräfte gehen. ... Sie wandern von dem Untergang der Sonne
(d. h. der Vernunft, des Lichts des Verstandes) bis nach Mitternacht,
wo die Kenntniß auf's Neue erscheint, und — fügt der Allegorist hinzu
— Salomo (d. h. Weisheit) beherrscht sie alle und benutzt sie zu —
seinem Vergnügen." So weit die rabbinische Allegorie, die den ganzen
Faust gleichsam in nuce enthält.

Wenn Faust ausruft:

"Welch ein Gespenst bracht' ich ins Haus!"

so werden wir jetzt im Stande sein, es mit Namen zu benennen — es
ist die Igereth. Daß er aber „Salomon's Schlüssel" entweder nicht
besaß oder nicht anzuwenden verstand, das lehrt der Verlauf des
Dramas. So steht nun der Igereth=Mephisto als „fahrender Scho=
lasticus" — wir wissen warum in dieser Gestalt — vor ihm.

Zur Erklärung des folgenden Gesprächs zwischen Faust und seinem
andern Ich, dessen Namen wir oben genannt, diene die hier angeführte
Stelle aus Schopenhauer, die mich aller weitern, ins Einzelne gehen=
den Erläuterung überhebt. „Wenn ein Mensch, sobald Veranlassung
da ist und ihn keine äußere Macht abhält, stets geneigt ist Unrecht zu
thun, nennen wir ihn böse. Nach unserer Erklärung des Unrechts
heißt dieses, daß ein solcher nicht allein den Willen zum Leben wie er
in seinem Leibe erscheint, bejaht; sondern in dieser Bejahung so weit
geht, daß er den in andern Individuen erscheinenden Willen verneint,
was sich darin zeigt, daß er ihre Kräfte zum Dienste seines Wollens
verlangt und ihr Dasein zu vertilgen sucht, wenn sie den Bestrebun=
gen seines Willens entgegenstehen. Die letzte Quelle hiervon ist ein
hoher Grad des Egoismus. ... Zweierlei ist hier sogleich offenbar:

erftlich, daß in einem solchen Menschen ein überaus heftiger, weit über
die Bejahung seines eignen Leibes hinausgehender Wille zum Leben
sich ausspricht; und zweitens, daß seine Erkenntniß, ganz dem Satz
vom Grunde hingegeben und im principio individuationis befangen,
bei dem durch dieses letztere gesetzten gänzlichen Unterschiede zwischen
seiner eignen Person und allen andern fest stehen bleibt, daher er allein
sein eignes Wohlsein sucht, vollkommen gleichgültig gegen das aller
Andern, deren Wesen ihm vielmehr völlig fremd ist, durch eine weite
Kluft von dem seinigen geschieden.   Diese zwei Eigenschaften sind die
Grundelemente des bösen Charakters.   Jene große Heftigkeit des Wil=
lens ist nun schon an und für sich und unmittelbar eine stete Quelle
des Leidens: 1) weil alles Wollen, als solches, aus dem Mangel, also
dem Leiden entspringt; 2) weil durch den kausalen Zusammenhang
der Dinge die meisten Begehrungen unerfüllt bleiben müssen und der
Wille viel öfter durchkreuzt als befriedigt wird, folglich auch dieserhalb
heftiges und vieles Wollen, stets heftiges und vieles Leiden mit sich
bringt." So viel, um den Leser auf den Schopenhauer'schen Stand=
punkt zu versetzen und ihm die Mittel an die Hand zu geben, in die
weitere Entwickelung der Handlung einen klaren Einblick zu gewinnen.
Wollen wir aber etwa hiermit Faust als einen von Hause aus bösen
Charakter aufgefaßt sehen? Keineswegs.   Die Sache verhält sich viel=
mehr, nach unserm Dafürhalten und in unserer Anschauungsweise, also.
Das horror vacui, von welchem man früher in der Physik fabelte,
existirt wirklich, aber nicht in der empfindungslosen Atmosphäre, son=
dern in dem Innern jedes bedeutenden Menschen.   Dieser wird Alles
ertragen können, nur keine innere Leere. Vor dieser hat er ein wahr=
haftes Entsetzen. Eines oder das Andere muß ihn erfüllen. Ist es
nicht das Edlere und Höhere, so wird es das Gemeine und Niedrige sein
müssen.   Die Pforten, durch welche das letztere den Zutritt erlangt,

sind schon nach der heil. Schrift das Herz und die Augen, d. h. die Phantasie und die Sinne. Offen stehen sie stets und „an der Thür lagert die Sünde"; so lange aber das Bessere seine Stätte behauptet, so ist eben für das Böse kein Raum vorhanden; ist jenes gewichen, dann freilich - da ja „die Neigung des menschlichen Herzens böse ist von seiner Jugend auf" -- wird dieses, wird das Heer von Begierden und niedrigen Gelüsten aller Art alsbald seinen Einzug halten und sich an der endlich eroberten Stelle breit machen. So ist es Faust ergangen und so — ich muß hier vorgreifen und eine erst etwas später folgende Rede des Mephisto schon jetzt anführen — läßt der Dichter diesen den Fall des Faust erklären, wenn er sagt:

> „Verachte nur Vernunft und Wissenschaft,
> „Des Menschen allerhöchste Kraft!
> „Laß nur in Blend- und Zauberwerken
> „Dich von dem Lügengeist bestärken,
> „So hab' ich Dich schon unbedingt.."

Knüpfen wir jetzt wieder an das Gespräch zwischen Faust und Mephisto an. Thörichter Faust! Du bildest Dir ein, Du habest den Teufel ins Garn gelockt? Wähnest, Du habest ihn wirklich in Deiner Gewalt? Er wolle gern wieder hinaus? Wie arg bist Du getäuscht! Du bist's, der in seiner Gewalt ist, er hat festen Fuß in Deinem Innern gefaßt, Du und er, Ihr seid nun beisammen und fortan unzertrennlich verbunden. — Triumphirend ruft Mephisto den Geistern zu:

> „Beisammen sind wir,

(Mephisto und Faust nämlich)

> fanget an!"

Und die „Geister" einer üppigen Phantasie stimmen ihren Sirenengesang an, während Faust, in Schlaf versunken, d. h. sein besseres Bewußtsein eingeschläfert, im Traume den Teufel entschlüpfen sieht und beim Erwachen sich für betrogen hält:

3*

„Bin ich denn abermals betrogen?
„Verschwindet so der geisterreiche Drang,
„Daß mir ein Traum den Teufel vorgelogen,
„Und daß ein Pudel mir entsprang?"

O nein, Du irrst, armer Faust! Deine Phantasie hat Dir nur im
Traume etwas vorgegaukelt. Nicht der Teufel ist Dir vorgelogen
worden, sondern das Entweichen desselben. Noch befindet er sich ganz
in Deiner Nähe — gehe nur in Dein Studirzimmer — und siehe da,
hier ist er schon. Der schlaue Fuchs! er stellt sich gar noch spröde,
will dreimal gerufen sein. Du aber, Faust, läßt ihn ohne Weiteres
herein und bist schon ganz befreundet mit ihm. Natürlich findet er so
Gefallen an Dir. Und wie ein gelehriger Schüler hast Du Dir seine
pessimistischen Ansichten so schnell zu eigen gemacht. Ja, Du überbie-
test ihn wo möglich in der Verwünschung des Lebens. So ist's recht.
Fluche nur Allem: dann hat er Dich bald ganz. Ich sage bald, denn
noch bist Du nicht ganz reif für ihn, noch fluchst Du wenigstens auch
dem Genusse.

„Fluch sei dem Balsamduft der Trauben!
„Fluch jener höchsten Liebeshuld!'

Wenn Du erst gelernt haben wirst diesem zu huldigen, dann bist Du ihm
ganz verfallen, dann bist Du ihm zur Beute geworden. Aber mit Deinem
Fluchen hast Du die schöne Welt zerstört! — Noch einmal jedoch regt
sich das Bessere in ihm: als Geisterchor ruft ihm die innere Stimme
zu, sie wieder aufzubauen in seinem Busen, einen neuen Lebenslauf zu
beginnen. Doch ach! er hat kein Ohr mehr für diese Stimme, oder
vielmehr der listige Teufel weiß sie zu seinen Zwecken auszubeuten und
den Worten eine falsche Deutung zu geben:

„Höre, wie zu Lust und Thaten
„Altklug sie rathen!"

„Altklug" schimpft Mephisto sie in seinem diesmal schlecht verhal
Ingrimm über die Störung. „Die Kleinen" nennt er sie, und
Augenblick fürchtet er wohl gar, sie könnten seine Pläne durchkre
Doch sehet die teuflische Sophistik! Seinen Aerger schnell unterdrü
zieht er sich gewandt aus der Schlinge, die seine eigenen Wort
bereitet, und mit gewohnter Hinterlist den etwaigen Folgen seine
Diskretion vorbeugend, sagt er jetzt von sich selbst:

„Ich bin keiner von den Großen."

Und nun bietet er Alles auf, um den noch immer sich sträubende
mit ihm oder sich selbst kämpfenden Faust zu umgarnen und ins
Verderben zu locken. Faust's titanenartige Natur ist noch nicht gebä
im Gegentheil, alle seine Kräfte, all sein Wollen rafft er noch ei
zusammen; er schwillt zu einem wahren Atlas an, der die ganze
mit ihren Leiden und Freuden auf seinen Schultern tragen will.

„Mein Busen, der vom Wissensdrang geheilt ist,
„Soll keinen Schmerzen künftig sich verschließen" ꝛc.

Er weiß es also recht wohl, daß das heftige Wollen mit Schmerze
zertrennlich verbunden ist. Trotzdem hat er für den Teufel, de
seine Grillen mit der verschmitzten Versicherung aus dem Kop
reden versucht:

„Glaub' unser einem, dieses Ganze
„Ist nur für einen Gott gemacht!"

nur e i n e Antwort, und diese lautet:

„Allein, i ch w i l l !"

Indessen, Mephisto müßte eben nicht der Teufel sein, wenn er
schließlich nicht doch überlistete und den Sieg davon trüge. E
ihn am Ende der Unterredung so weit gebracht, daß er es nicht
über sich gewinnen kann, dem Schüler entgegenzutreten, und übe

es jetzt dem Mephisto, das heilige Lehramt statt seiner zu übernehmen.
So sehen wir endlich den Teufel als Faust selbst verkleidet und triumphirend spricht er, mit einem echt satanischen Grinzen, jenes bereits oben
erwähnte:. „Verachte nur Vernunft und Wissenschaft" vor sich hin.
Wie so ein Teufel unterrichten wird, können wir uns leicht vorstellen;
wiedergeben konnte es nur ein Göthe. Nachdem der unglückselige
Schüler, dem solche Lehren geworden, und der noch obendrein einen so
verfänglichen Spruch, wie er eben nur aus dem Munde der Schlange
kommen konnte, zum Andenken ins Stammbuch geschrieben bekommt, um
sich daran zu erbauen, abgefertigt ist, tritt der nun in sich geknickte und
gebrochene Faust wieder auf. Wie klein spricht der Arme jetzt! Wie
rathlos und hilfsbedürftig gebärdet er sich!

Sollte es dem Leser aus dem, was wir vorangeschickt, noch nicht
erhellt sein, wodurch der Teufel diese Macht über Faust gewonnen,
wodurch er ihm beigekommen, so sei es hier nochmals bemerkt, daß
sein Fall dadurch herbeigeführt worden, daß er dem Willen, von der
Erkenntniß (dem Intellekt, der Leuchte des Willens) getrennt, freies
Spiel gewährt, ihn allein walten läßt. „Ich will!" „In der be-
wußten und gewollten Isolirung" (des Willens), um die Worte zu
gebrauchen, die ein scharfsinniger Kritiker jüngst bei einer andern Gelegenheit ausgesprochen, „liegt eine Schuld."*) Auch der erste Sündenfall wurde genau auf diese Weise veranlaßt. „Und es sah das
Weib, (nach allegorischer Deutung: der Wille) daß der Baum gut war
zum Essen u. s. w. Da nahm sie von seiner Frucht und aß" 2c. Eva
war also rein vom Willen geleitet, die Erkenntniß aber trat erst nachher ein. „Und es wurden aufgethan die Augen Beider, und sie erkannten —" 2c.

---

*) S. einen Artikel über Kleist in den Preuß. Jahrb. Dec. 1858.

Begleiten wir nun Fauſt auf ſeinem neuen Lebenslauf, obſchon
wir ihm nicht Glück dazu wünſchen können. Um jeden Scrupel zu ver=
ſcheuchen und die rechte Lebensluſt in ihm anzufachen, führt ihn ſein
teufliſcher Gefährte zunächſt in den bekannten Weinkeller — es iſt viel=
leicht die Sylveſternacht — zu einem fröhlichen Gelage. Was wäre
auch zu dem beſagten Zwecke geeigneter, als ihm den feurigen Reben=
ſaft ſchlürfen und Zeuge des jugendlichen, ſtudentiſchen Uebermuthes,
wie nur die überſprudelnde Lebensfülle ihn hervorbringt, ſein zu laſſen?
Dieſer Jugend iſt „kannibaliſch wohl;" ſie iſt kerngeſund an Geiſt und
Körper — ihr daher kann der neidiſche Teufel nichts anhaben. Der
Wein und Geſang und der Anblick jugendlicher Tollheit haben ihre
Wirkung nicht verfehlt: wie ſollte auch der Teufel ſich verrechnen? —
Der im Studium •beſtaubter Folianten lange unterdrückte Adam iſt
endlich wieder in Fauſt geweckt. Nur der Punſch fehlt noch, um die
Phantaſie vollends in Gährung zu bringen und den Rauſch vollſtän=
dig zu machen. Das geſchieht in der Hexenküche *). Hier wird ihm
der friſch gebraute Trank gereicht, der ihm den Verſtand berückt; er
ſchwätzt von Verjüngung; allerlei tolles Zeug fährt ihm durch's Ge=
hirn; Hexen und Gethier aller Art erblickt er in ſeiner aufgeregten
Phantaſie; es tauchen auch allerlei Reminiscenzen aus ſeinem vergan=
genen Leben in ihm auf, wo er noch den Wiſſenſchaften oblag; es iſt
ein buntes Durcheinander, Alles iſt entſtellt und verdreht, von Oberſt
nach Unterſt gekehrt, — doch bleibt noch immer ein Funken klaren Be=
wußtſeins in ihm zurück:

> „Was ſagt ſie uns für Unſinn vor?
> „Es wird mir gleich den Kopf zerbrechen.

---

*) Daß dies eine Allegoriſirung eines verrufenen Hauſes mit ſeinem unfehl=
baren alten Weibe, der Wirthin und den eben ſo unvermeidlichen Katzen mit noch
übrigem Gethier ſei, daran kann wohl kaum gezweifelt werden.

> „Mich dünkt, ich hör' ein ganzes Chor
> „Von hunderttausend Narren sprechen!"

kann er noch ausrufen. Aber der Teufel läßt sich's angelegen sein, auch diesen letzten Funken zu ersticken; er läßt die Schale rasch bis an den Rand hinan füllen und, wie sie Faust an den Mund bringt, redet er ihm so teuflisch zu:

> „Nur frisch hinunter! Immer zu!
> „Es wird Dir gleich das Herz erfreuen."

Und wie könnte Faust jetzt noch dem Versucher widerstehen? Der Rausch wird zwar, nachdem Faust der Ruhe gepflogen, vergehen, aber die Wir=kung ist nachhaltiger. Die Wolluft ist durch das Gesicht von der schönen Helene, welches er soeben gehabt, zur heftigen Begierde auf=gestachelt worden, und Mephisto hat Recht, wenn er sagt:

> „Und bald empfindest Du mit innigem Ergötzen,
> „Wie sich Cupido regt und hin und wieder springt."

Ja wohl empfindet er das:

> „Laß mich nur schnell noch in den Spiegel schauen!
> „Das Frauenbild war gar zu schön!"

Mit dieser Bitte bringt Faust jetzt selbst in den Teufel. Wird er ihm die Bitte gewähren und die Vision verwirklichen? Ist gar nicht nöthig; es hat gute Wege. Er verspricht's ihm zwar, er solle dieselbe sehen, die ihm erschienen, fügt aber — denn der Kerl weiß es besser — leise hinzu:

> „Du siehst, mit diesem Trank im Leibe,
> „Bald Helenen in jedem Weibe."

Wir sind nun bei derjenigen Handlung angelangt, die den eigentlichen Mittelpunkt, nicht nur dieses, sondern aller Dramen überhaupt, des

größten, inhaltsschwersten und längsten — des Lebens selbst nicht aus=
genommen, bildet. Ehe wir aber den Vorhang wieder aufziehen, lassen
wir Schopenhauer abermals den Prolog sprechen, und die Handlung
wird nur um so verständlicher werden, richtiger gesagt, ihr tieferer
Sinn wird sich erst dann dem Zuschauer ganz erschließen. Es befindet
sich im zweiten Bande der Welt als W. u. Vorst. ein Kapitel, über=
schrieben: „Metaphysik der Geschlechtsliebe," unbestritten eines der
merkwürdigsten in dem merkwürdigen Werke. Es geht dem Kapitel
zur Einleitung ein Motto aus Bürger voran, welches auch wir dem
Leser nicht vorenthalten können. Es lautet:

> „Ihr Weisen hoch und tief gelahrt,
> Die ihr's ersinnt und wißt,
> Wie, wo und wann sich Alles paart?
> Warum sich's liebt und küßt?
> Ihr hohen Weisen, sagt mir's an!
> Ergrübelt, was mir da,
> Ergrübelt mir, wo, wie und wann,
> Warum mir so geschah?"

Hätte Bürger Schopenhauer gekannt, es wäre ihm Aufschluß geworden.
Preisen wir uns glücklich, daß wir die später gebornen sind. Damit man
aber nicht glaube, Schopenhauer habe die Antwort ergrübelt, so finde
gleich am Eingang seine eigne Erklärung, die übrigens für den tiefer=
blickenden Leser überflüssig war, ihren Platz. Nachdem er in Kurzem
über das berichtet, was er über den Gegenstand bei frühern Philosophen
vorgefunden — und es beläuft sich das auf Null — fährt er also fort:
„Vorgänger habe ich demnach weder zu benutzen noch zu widerlegen.
Die Sache hat sich mir objektiv aufgedrungen und ist von selbst in den
Zusammenhang meiner Weltbetrachtung getreten." Versuchen wir
nun in möglichster Kürze das Wesentlichste des Kapitels dem Leser
vorzulegen.

„Diese" (die Geschlechtsliebe), sagt unser Philosoph, „ist in der Regel das Hauptthema aller dramatischen Werke, der tragischen wie der komischen . . . nicht weniger ist sie der Stoff des bei Weitem größten Theils der lyrischen Poesie, und ebenfalls der epischen. . . . Alle diese Werke sind, ihrem Hauptinhalte nach, nichts Anderes, als vielseitige, kurze oder ausführlichere Beschreibungen der in Rede stehenden Leidenschaft. Auch haben die gelungensten Schilderungen derselben, wie z. B. Romeo und Julie, die neue Heloise, der Werther, unsterblichen Ruhm erlangt. . . . Alle Verliebtheit, wie ätherisch sie sich auch geberden mag, wurzelt allein im Geschlechtstriebe, ja ist durchaus nur ein näher bestimmter, specialisirter, wohl gar im strengsten Sinne individualisirter Geschlechtstrieb. Wenn man nun dieses fest haltend, die wichtige Rolle betrachtet, welche die Geschlechtsliebe nicht blos in Schauspielen und Romanen, sondern auch in der wirklichen Welt spielt, wo sie, nächst der Liebe zum Leben', sich als die stärkste und thätigste alle Triebfedern erweist . . . da wird man veranlaßt auszurufen: wozu der Lärm! Wozu das Drängen, Toben, die Angst und die Noth? es handelt sich ja blos darum, daß jeder Hans seine Grethe finde: weshalb sollte eine solche Kleinigkeit eine so wichtige Rolle spielen und unaufhörlich Störung und Verwirrung in das wohlgeregelte Menschenleben bringen. Aber dem ernsten Forscher enthüllt allmälig der Geist der Wahrheit die Antwort: es ist keine Kleinigkeit, worum es sich hier handelt, vielmehr ist die Wichtigkeit der Sache dem Ernst und Eifer des Treibens vollkommen angemessen. Der Endzweck aller Liebeshändel ist wirklich wichtiger, als alle andern Zwecke im Menschenleben. Das nämlich, was dadurch entschieden wird, ist nichts Geringeres, als die Zusammensetzung der nächsten Generation. . . . Das schwindelnde Entzücken, welches der Mann beim Anblick eines Weibes von ihm angemessener Schönheit ergreift und ihn die Vereinigung mit ihr als das

höchste Gut vorspiegelt, ist eben der Sinn der Gattung, welcher
den deutlich' ausgedrückten Stempel derselben erkennend, sie mit diesem
perpetuiren möchte. . . . Wie bei allem Instinkt nimmt die Wahrheit
hier die Gestalt des Wahnes an, um auf den Willen zu wirken . . . die
Sehnsucht der Liebe, der ἱμερος, . . . welche an den Besitz eines be=
stimmten Weibes die Vorstellung einer unendlichen Seligkeit knüpft und
einen unaussprechlichen Schmerz an den Gedanken, daß er nicht zu er=
langen sei, — diese Sehnsucht und dieser Schmerz der Liebe können
nicht ihren Stoff entnehmen aus den Bedürfnissen eines ephemeren
Individuums; sondern sie sind der Seufzer des Geistes der Gattung,
welcher hier ein unersetzliches Mittel zu seinen Zwecken zu gewinnen
oder zu verlieren sieht und daher tief aufstöhnt. . . . Aber nicht allein
hat die unbefriedigte verliebte Leidenschaft bisweilen einen tragischen
Ausgang, sondern auch die befriedigte führt öfter zum Unglück als zum
Glück." — Dieses Bruchstück möge genügen, um wenigstens die leiten=
den Gedanken unseres Philosophen über dieses Thema darzulegen.
Die weitere Ausführung — und er verfolgt den Gattungssinn bis ins
Einzelnste und zeigt uns, wie genau dieser, obschon unbewußt, den Ge=
genstand, der ihn anzieht, prüft, um zu sehen, ob er ihm, d. h. dem Zwecke
der Gattung, angemessen ist, kann ich hier bei Seite lassen, da ich
voraussetze, daß der wißbegierige Leser — und nur ein solcher wird
diese Schrift in die Hand nehmen — sich durch Obiges angeregt fühlen
wird, das betreffende Kapitel selbst nachzulesen. Untersuchen wir nun,
in wiefern Göthe in seiner Dichtung den Ideen Schopenhauers treu=
geblieben und in Uebereinstimmung mit ihnen gedichtet hat. Er läßt
Faust im „Zauberspiegel" seiner Einbildungskraft „das schönste Bild"
— sein Ideal — von einem Weibe sehen. Jenes oben erwähnte schwin=
delnde Entzücken ergreift ihn: es hat sich der Sinn der Gattung seiner
bemächtigt. Wenn Mephisto, bei dieser Gelegenheit sich brüstend, sagt:

„Hier sitz' ich vor Dir, König auf dem Throne;
„Den Zepter halt' ich hier, mir fehlt nur noch die Krone"
(noch fehlt die Vollendung — die Befriedigung der thierischen Lust —
   sie erfolgt aber gleich darauf, wie der Leser selbst ersehen wird —)

so hat auch diese Ruhmrednerei des Bösen ihre Begründung in Scho=
penhauer's Philosophie. „Das menschliche Dasein", sagt er, weit ent=
fernt den Charakter eines Geschenks zu tragen, hat ganz und gar den
einer kontrahirten Schuld. . . . Und wann wird diese Schuld kontra=
hirt? Bei der Zeugung." Getilgt wird sie erst mit dem Tode, meint
er, aber schon im Leben zahlen wir sie allmälig durch Leiden, die uns
heimsuchen, ab. Wir haben bereits erwähnt, wie es der Mythos vom
Sündenfalle allein ist, der Schopenhauer mit dem alten Testament
aussöhnt. Er gesteht diesem Mythos eine metaphysische, wenngleich
blos allegorische Wahrheit zu. „Nichts Anderem nämlich", sagt er an
jener Stelle, „sieht unser Dasein so ähnlich, wie der Folge eines Fehl=
tritts und eines strafbaren Gelüstens." Von diesem Gesichtspunkte
aus hat also Mephisto Recht, wenn er sich rühmt, hier auf dem Throne
zu sitzen. Hier, in der That, hat er unbestrittene Herrschaft.

    Die nächste Scene führt uns auf die Straße, wo Margarethe ge=
rade vorübergeht. Es ist also ein blos zufälliges Begegnen; Mephisto
hatte nicht nöthig Faust's Ideal in der weiten Welt für ihn aufzu=
suchen; der Schlaue wußte, der liebestrunkene würde Helenen, d. h. sein
Ideal der Schönheit, in jedem Weibe sehen. Natürlich aber erforderte
es die poetische Behandlung, daß Margarethe wirklich — obschon was
Faust betrifft, zufällig — seinem Ideale entspreche, kurz, daß uns ein
schönes Weib vorgeführt werde. Und nun sehe man, wie Faust's Auge
so scharfblickend geworden! Wie er so in aller Schnelle der Begegnung,
vom Sinne der Gattung geleitet, Margarethe gemustert hat! Jetzt
glaubt er, er habe das ihm angemessene Individuum gefunden, und

mächtig ergreift ihn der Wunsch, in den Besitz dieses bestimmten Weibes zu gelangen.

>„Höre,

(sagt er zu Mephisto)

>>Du mußt mir die Dirne schaffen."

Wie aber, ruft hier die empörte Sittlichkeit aus, willst du etwa die heilige Ehe, als welche aus denselben Bedingungen hervorgeht, herab=setzen und ihr das Brandmal der Schuld aufdrücken? Keineswegs. Bei dem Schlusse eines ehrenhaften, ehelichen Bündnisses folgen wir neben dem Naturgesetze auch dem göttlichen, welches befiehlt: „Daher verlasse der Mann seinen Vater und seine Mutter" u. s. w. und auf welchem die Sittlichkeit und die menschliche Gesellschaft be=ruhen; im vorliegenden Falle jedoch handelt es sich um einen wiberge=setzlichen Schritt, um die Verführung der Unschuld, also um Unter=grabung der Basis, auf welche die menschliche Gesellschaft gegründet ist.

>„Mein Herr Magister Lobesan,
>„Laß' Er mich mit dem Gesetz in Frieden!"

spricht Faust, der keine Scrupel mehr kennt und nur dem heftigen Drange seines Willens folgt. Allein, wie man zu Werke geht, um das Ziel zu erreichen, das muß ihn der Teufel lehren. In der List ist er noch nicht geschult genug. —

Was nun Margarethe betrifft, so hat die flüchtige Begegnung und Ansprache Faust's doch schon einen Eindruck auf sie gemacht. Ihre Neugier ist erregt.

>„Wer wohl der Herr sein möchte?"

Statt sich die Gedanken an ihn aus dem Kopfe zu schlagen, hängt sie ihnen nach. Das ist der erste Schritt zu ihrem Verderben. In ihr

Zimmer geführt, wo der Dichter uns ein rührendes Bild der Unschuld ausmalt, empfindet Faust einen Augenblick Reue über sein Vorhaben — ein momentanes Bedenken taucht in ihm auf — : allein der Teufel weiß es schon zu verscheuchen und die Flamme geschickt anzufachen. Bei Margarethe tritt die Vorahnung des ihr bevorstehenden Unglücks ein.

„Es wird mir so, ich weiß nicht wie!“

Mit kindischer, oder vielmehr mädchenhafter Freude weidet sie sich an dem zurückgelassenen Schmuckkästchen. Es ist dies der zweite Schritt zu ihrem Falle. Das Geschenk wird wie ein Gift wirken, Verstand und Herz berückend. Doch halt, diesmal ist dem Teufel die Mutter und der Pfaff' in die Quere gekommen. Es muß ein zweiter Schmuck herbeigeschafft werden. Faust ist Verschwender geworden. „Das eben ist der Fluch des Bösen, daß es Böses stets erzeugt.“ Martha, die Kupplerin, wird jetzt zur Mithülfe herbeigezogen. Im Gespräch zwischen ihr und Mephisto, welches absichtlich in Gretchens Beisein geführt wird und in der That nur auf sie abgesehen ist, werden ihre Begriffe über die Ehe, wenn sie überhaupt schon deren gebildet, gelockert, und zwar auf eine sehr bedenkliche Weise, und nur so ganz nebenher wendet sich der Listige mit einer Frage an Gretchen, der schon anfängt unbehaglich in seiner Nähe zu werden. — Wir finden zunächst wieder Faust und Mephisto beisammen. Wie er so geschäftig hin und her geht, um sein böses Spiel zu treiben! Diesmal hat er nichts Anderes zu thun, als Faust's noch nicht ganz erloschene Selbstachtung zu ertödten, ihn vor sich selbst zu erniedrigen. Er beweist ihm, er sei ein Sophist, zeiht ihn der Lüge, und der Arme, der ihm nicht gewachsen ist, muß ihm schließlich Recht geben. Nichts gefährlicher als wenn wir selbstquälerisch an uns herummäkeln, bis wir uns im schwärzesten Lichte erblicken, keine heile Stelle an uns übrig zu bleiben scheint; wenn wir den

Glauben an uns selbst und somit auch das Bewußtsein unseres eignen Werthes verloren haben, und verzweifelnd uns selbst aufgeben. Was kann uns dann noch vom gänzlichen Untergang retten? Was uns schützen, daß wir nicht in den Pfuhl der Sünde uns stürzen und darin versinken? Ja wohl, Mephistopheles, Du bist ein gefährlicher Geselle und Dante hat Dich richtig gezeichnet, wenn er sagt:

„Che dove l'argomente della mente
S'aggiunge al mal volere, ed alla possa,
Nessun riparo vi puo far la gente."*)

Und der Teufel hatte Recht! Nach einem traulichen Kosen im Garten — Mephisto geht mit gutem Beispiel voran und treibt sein Spiel mittlerweile und so nebenher mit Martha: denn das in diesen Dingen noch unwissende Pärchen bedarf noch der Schule, um zu sehen wie man es mache — schwört Faust seinem Gretchen wirklich ewige Liebe. Das genügt ihr; in jugendlicher Sprödigkeit und Verschämtheit läuft sie weg mit der Versicherung im Busen, während bei ihm, dem Grübler, nachträglich das Bewußtsein wieder einmal auf einen Moment erwacht. Er steht einen Augenblick in Gedanken, dann erst folgt er ihr. Wie der Wille treibt! Er wird auch sein Wollen sicher in die That übersetzen und zur Ausführung bringen, denn — auch in dem andern Wesen regt lebhaft sich der Wille, und wo zwei Willen darnach streben, ineinander aufzugehen, da eben ist der Brennpunkt des Daseins, da macht der Gattungssinn sich geltend, da findet die eigentliche Bejahung des Willens statt. Freue Dich, Mephistopheles, das Werk ist bald vollbracht! Die armen, getäuschten „muthwilligen Sommervögel" oder Eintagsflie-

---

*) „Denn wo sich noch der Urtheilskraft des Geistes
„Der böse Wille und die Macht vereint,
„Kann niemand einen Damm entgegenstellen."
(Nach Philaletes' Ueberf. Div. Com. Dell.' Inferno. XXXI. 55.)

gen! Sie wähnen, sie fröhnen ihrer Luft, während sie nur im Dienste der Gattung stehen, und gerade das Individuum dabei zu Grunde geht.

> „Er scheint ihr gewogen,"

sagt Martha: die Weiber sind es, die in dieser Hinsicht stets um die Männer besorgt sind und ihnen so gern ihren Theil in ehrbarer wie in unehrbarer Weise zuführen; und selbstvergnügt den Bart streichend, antwortet ihr Mephistopheles:

> „Und sie ihm auch. Das ist der Lauf der Welt."

Ja, sie kommt ihm sogar schon ins Gartenhäuschen entgegengesprungen, schon hat er ihre ganze Sprödigkeit besiegt, schon nähern sie sich einander im Kusse, — und siehe da — es ist um sie geschehen, sie ist gefallen! Aber kaum ist die That vollbracht — und Faust, zur Besinnung gekommen, muß ihr bei dem geheimen tête à tête viel vorphilosophirt haben, daß sie in Bewunderung ausbricht und sagt:

> „Du lieber Gott, was so ein Mann,
> „Nicht alles, alles denken kann!" —

so tritt auch schon der Teufel wieder auf und trennt sie. Faust sieht „ein Thier" in ihm, (bedarf der Ausdruck einer Erklärung?) und Gretchen lehnt beim Weggehen abermals seine Begleitung ab, aber diesmal geschieht es nicht aus freiem Antrieb, sondern lediglich aus Furcht vor der Mutter. Armer, gefallener Engel! Und ruft dem Geliebten sogar noch „auf baldig Wiedersehen" zu!*)

Der Schleier ist gelüftet; Faust hat vom „Baum der Erkenntniß"

---

*) Von der folgenden Scene sagt Lewes, wie im Vorwort erwähnt, er verstünde ihre Beziehung zum Ganzen nicht. Ich hoffe, sie wird dem Leser durch meine Erläuterung einleuchtend werden.

genoffen; der Weltgeift hat fich ihm offenbart; jetzt ift es hell in ihm
geworden; offen liegt das große Buch des Lebens vor ihm. Er hat,
wie Schopenhauer fich ausdrückt, „das Wort zum Räthfel" gefunden;
er erkennt was da war, ift und fein wird; fein geiftiges Auge fchaut
das allgegenwärtige, allwaltende Eine — den („göttlichen") Willen,
der in allen Wefen derfelbe ift, fie alle zu Brüdern macht, und in eine
Höhle im Walde fich zurückziehend*) redet er fie jetzt, gleichfam die
Sprache des Brahminen führend, mit den Worten: „tat twam asi",
(das bift Du) an.

> „Du führft die Reihe der Lebendigen
> „Vor mir vorbei, und lehrft mich meine Brüder
> „Im ftillen Bufch, in Luft und Waffer kennen."

Aber gleich nach den erhebenden Betrachtungen folgen bei einer fo an=
gelegten Natur, einem fo tiefen Denker wie Fauft, leider auch die
demüthigenden. Er empfindet, daß „dem Menfchen nichts Voll=
kommenes wird."

> „Du gabft zu diefer Wonne,
> „Die mich den Göttern nah und näher bringt,
> „Mir den Gefährten."

der „zu Nichts, mit einem Worthauch, deine Gaben wandelt", der das
wilde Feuer in meiner Bruft nach jedem fchönen Bilde anfacht, und

---

*) Unverkennbar ift Göthe auch hier wieder der Schrift gefolgt, die ja auch
das verfchämte Paar nach dem verbotenen Genuffe fich verbergen läßt. Und
während ich diefes niederfchreibe, erfchließt fich mir, wie von felbft! der tiefe Sinn
derjenigen Verfe in demfelben Kapitel, welche uns erzählen, wie Adam erft die Thiere
mit ihren verfchiedenen Namen belegte, und wie er fpäter feine Gattin, Eva, Mut=
ter alles Lebendigen, nannte. Wer erkennte hier nicht das Identifche mit dem oben
gefchilderten Hergang? Vor der Zeugung galten ihm die Thiere als von ihm
verfchiedene Wefen; nach dem Akte hat er ihre Aehnlichkeit mit fich und feiner
Gattin erkannt, und fo ift fie ihm — er fieht in ihr gleichfam den verkörperten
„Willen" felbft — Mutter alles Lebens.

4

„So tauml' ich von Begierde zu Genuß,
„Und im Genuß verschmacht' ich nach Begierde."

So sehen wir Faust jetzt in seinem Falle dem „erhabenen Geist", vor
dessen Anblick er früher zurückschreckte und erbebte, um ein Bedeutendes
näher gerückt nnd auf eine höhere Stufe der Erkenntniß angelangt.
Er begreift ihn jetzt besser als damals; er weiß nun wem er gleicht,
und wem anders als dem „Willen", den er in allen Dingen wieder er=
kennt? allein die Erlösung hat er noch nicht gefunden.

So ist das Böse zwar schon theilweise vermittelt; es hat zu einer
höheren Stufe der Erkenntniß geführt; aber noch ist es nicht völlig
überwunden, noch dauert der Kampf fort.   Ja, wir werden Faust jetzt,
von der Gewalt der Leidenschaft hingerissen, Verbrechen auf Verbrechen
häufen sehen, es werden die Leiden über seinem Haupte sich thürmen,
und nur der Tod wird die ursprüngliche Schuld, die alles Unheil er=
zeugt, zu sühnen und zu tilgen vermögen.

Gönnen wir in Bezug auf das Vorangegangene Schopenhauer
nochmals das Wort:

„Das Leben eines Menschen, mit seiner endlosen Mühe, Noth und
Leiden ist anzusehen als die Erklärung und Paraphrase des Zeugungs=
aktes, d. i. der entschiedenen Bejahung des Willens zum Leben: zu der=
selben gehört auch noch, daß er der Natur einen Tod schuldig ist, und
er denkt mit Beklemmung an diese Schuld. — Zeugt dies nicht davon,
daß unser Dasein eine Verschuldung enthält?*) — Allerdings aber
sind wir, gegen den periodisch zu entrichtenden Zoll, Geburt und Tod,
immerwährend da, und genießen successiv alle Leiden und Freuden des
Lebens; so daß uns keine entgehen kann: (in diesem Sinne repräsentirt

---

*) Ich empfehle dem Leser, hierzu den 51sten Psalm zu vergleichen. Die
Schuld, von welcher dort (V. 7) die Rede ist, wird übrigens auch nach den jüd.
Weisen eigentlich erst durch den Tod gesühnt.

also Fauſt mit ſeinem früher erwähnten Entſchluß die ganze Menſch=
heit) dies eben iſt die Frucht der Bejahung des Willens zum Leben. . . .
Der Akt nun aber, durch welchen der Wille ſich bejaht und der Menſch
entſteht, iſt eine Handlung, deren Alle ſich im Innerſten ſchämen, die
ſie daher ſorgfältig verbergen, ja, auf welcher betroffen ſie erſchrecken,
als wären ſie bei einem Verbrechen ertappt worden. . . . Eine eigen=
thümliche Betrübniß und Reue folgt ihm auf dem Fuße, iſt jedoch am
fühlbarſten nach der erſtmaligen Vollziehung derſelben, überhaupt aber
um ſo deutlicher, je edler der Character iſt. Selbſt Plinius, der Heide,
ſagt daher: homini tantum primi coitus poenitentia: augurium
scilicet vitae, a poenitenda origine. (hist. nat. X, 83.) . . .

Der Zeugungsakt verhält ſich ferner zur Welt, wie das Wort
zum Räthſel. Nämlich, die Welt iſt weit im Raume und alt in der
Zeit und von unerſchöpflicher Mannigfaltigkeit der Geſtalten. Jedoch
iſt dies Alles nur die Erſcheinung des Willens zum Leben; und die
Koncentration, der Brennpunkt dieſes Willens iſt der Generations=
akt. In dieſem Akt alſo ſpricht das innerſte Weſen der Welt ſich am
deutlichſten aus. . . . Jener Akt iſt alſo der Kern, das Kompendium,
die Quinteſſenz der Welt. Daher geht uns durch ihn ein Licht auf
über ihr Weſen und Treiben. Demgemäß iſt er verſtanden unter dem
„Baum der Erkenntniß:" denn nach der Bekanntſchaft mit ihm gehen
Jedem über das Leben die Augen auf, wie es auch Byron ſagt:

„The tree of knowledge has been pluck'd, — all's known."

(D. Juan. I. 128.)

„Aber nun ſeht, wie der junge, unſchuldige, menſchliche Intellekt, (und
als ſolchen müſſen wir uns Fauſt bis zu jenem Momente hin denken)
wenn ihm jenes große Geheimniß der Welt zuerſt bekannt wird, er=
ſchrickt über die Enormität! Der Grund hiervon iſt, daß auf dem

4*

weiten Wege, den der ursprünglich erkenntnißlose Wille zu durchlaufen
hatte, ehe er sich zum Intellekt, zumal zum menschlichen, vernünftigen,
Intellekt steigerte, er sich selber so entfremdet wurde, daß er seinen Ur=
sprung nicht mehr kennt." ... Und noch eine Stelle zur Erläuterung
der eben besprochenen zwei letzten Scenen. „Die Liebe des Mannes
sinkt merklich, von dem Augenblick an, wo sie Befriedigung erhalten
hat: fast jedes andere Weib reizt ihn mehr als das, welches er schon
besitzt; er sehnt sich nach Abwechselung. Die Liebe des Weibes hin=
gegen steigt von eben jenem Augenblick an. Dies ist eine Folge des
Zweckes der Natur, welche auf Erhaltung und daher auf möglichst
starke Vermehrung der Gattung gerichtet ist." Dies also erklärt uns
Margarethens bereits angeführten Zuruf: „Auf baldig Wiedersehen!"
und Faust's unbestimmte Sehnsucht, die sich in den Worten ausspricht:

> „Er facht in meiner Brust ein wildes Feuer
> „Nach jenem schönen Bild geschäftig an!"

Es ist nicht mehr das bestimmte Individuum, in dessen Besitz er eben
gelangt war, sondern wiederum jenes in der Hexenküche in seiner Phan=
tasie ihm vorgespiegelte Bild. Aber Mephisto weiß ihn auch in seiner
Einsamkeit, wo er zum Eremiten oder Asketen werden will, zu finden,
versteht es, das Feuer von neuem anzuschüren und ihm die bestimmte
Richtung auf das Wesen zu geben, das — der dramatischen Anlage
der Dichtung zufolge — nun einmal in sein Geschick mit hineingeflochten
ist und mit ihm gemeinschaftlich zu Grunde gehen soll. Und wie
ausgefeimt und verschmitzt beweist sich der Teufel abermals! Mit
welcher höllischen List umgarnt er seine Beute von neuem und lockt sie
ins Netz! Geschwätzig, wie immer, tritt er an ihn heran und sondirt
gewissermaßen, indem er sich nach Faust's innerem Zustande erkundigt.
Es scheint, er hat den rechten Ton nicht angeschlagen: denn Faust wen=

bet sich verbrießlich von ihm ab und bedeutet ihn, er möchte ihn am guten Tage — und ein solcher ist ja wieder einmal für ihn eingetreten, da er zu seinem bessern Ich wieder zurückgekehrt ist und in hehren Betrachtungen sich ergeht — nicht mit seiner Gegenwart plagen. Mephisto stellt sich ungehalten; Faust giebt schon etwas nach, insofern er ihn nicht kräftiger zurückweist. So ermuthigt, fährt Mephisto fort, ihm Vorstellungen über seine neue eremitische Lebensweise zu machen; er fürchtet, Faust könne am Ende wieder der alte werden.

>„Dir steckt der Doctor uoch im Leib."

Er gebraucht die den Verspöttern des Heiligen gewohnte Taktik und zieht Faust's Treiben in's Lächerliche. In sittlicher Entrüstung bricht Faust in ein

>„Pfui über Dich!"

aus. Und wieder nimmt der Vater der Lüge seine Zuflucht zu der schon einmal mit Erfolg gegen Faust geführten Waffe: er zeiht ihn selbst der Lüge und Heuchelei. Eine Miene Faust's kündigt ihm noch während seiner Rede an, daß der Pfeil wiederum getroffen hat — und so mit einem

>„Genug damit!"

stachelt er die Begierde in ihm nach Gretchen von neuem auf. „Schlange! Schlange!" ruft ihm Faust schon ermattet im Kampfe zu; und während Mephisto frohlockend „für sich" seine Schadenfreude äußert, rafft er sich noch einmal auf und donnert dem Versucher entgegen:

>„Verruchter! hebe Dich von hinnen!" u. s. w.

Doch der Teufel ist so leicht nicht einzuschüchtern oder abzuschütteln, am wenigsten, wenn man so gestimmt ist, wie Faust: nur halb entsagend und halb seinen Gelüsten nachhängend, die Begierde hegend und pflegend, statt sich deren gänzlich zu entschlagen. Halbheit ist stets gefahrvoll und führt fast unausbleiblich zum — Teufel. Und bald hat dieser ihn auch wieder ganz.

> „Wie's wieder siedet, wieder glüht!"

ruft er abermals triumphirend aus. Und an dieser Stelle deutet der Dichter uns selbst an, daß sein Mephisto nur der Widerpart des Faust, das ihm innewohnende, herausgekehrte Böse sei:

> „Nichts Abgeschmackt'res find' ich auf der Welt,
> „Als einen Teufel, der verzweifelt,"

heißt es am Schlusse von Faust, der eben erst zu Mephisto „Hilf, Teufel!" u. s. w. gesagt hatte. Zur Erklärung dieses „verzweifelt" dürfen wir wohl hier auf die Wurzel des Wortes zurückgehen und es auf die Entzweiung mit sich, auf den Zwiespalt beziehen, in dem Faust sich eben wieder befand. Er schwankte diesmal nicht wie im Anfange zwischen Streben nach Hohem und Verlangen nach Niedrigem, sondern zwischen Wollen und Nichtwollen, zwischen Entsagen und Genießen, zwischen der Bejahung und Verneinung des Willens zum Leben. — Er befand sich im Zustande der Empfindsamkeit, von welchem Schopen= hauer treffend sagt, er sei eine Klippe „sowohl für das Leben selbst, als für dessen Darstellung im Dichter. Wenn nämlich," so fährt er fort, „immer getrauert und immer geklagt wird (was bei Faust eben in der Höhle der Fall war), ohne daß man sich zur Resignation erhebt und ermannt; so hat man Erde und Himmel zugleich verloren und wässerige Sentimentalität übrig behalten."*)

So hören wir Faust die „Himmelsfreud'" verachten, und wäre Mephisto nicht herbeigekommen und Sieger geblieben, so hätte der Schwankende auch die Erde' verloren. Demnach erschien ganz recht=

---

*) Vergl. hierzu W. als W. u. Vorst. I. p. 429.

zeitig der Teufel, um ihn von Neuem zur Bejahung des Willens zu drängen und anzustacheln. Und wie steht's unterdessen mit Gretchen? Ach, sie schmachtet daheim nach dem abwesenden, halb entflohenen Geliebten; ihre Ruhe ist hin; sie preist singend jeden einzelnen Vorzug des angebeteten Mannes; sein Bild hat sich ihr tief eingeprägt und ihr Busen — der Wille in ihr — drängt und sehnt sich nach ihm hin. — Und siehe da, er ist zurückgekehrt und liegt wieder in ihren Armen. Ihr Fall hat die kindliche Frömmigkeit in ihrem Gemüthe nicht berührt; von der Erkenntniß, die ihm aufgegangen, hat sie zwar nur eine dunkle, doch immerhin eine gewisse Ahnung. Jetzt wünscht sie von ihm Belehrung über das Höchste. — Wir wollen die erhabenen Worte, die Göthe ihm in den Mund legt, nicht durch unsere Erläuterung abschwächen. Wir sind auch überzeugt, sie bedürfen keiner solchen für den denkenden Leser, der uns bisher treulich gefolgt ist. Aber auch eine andere Ahnung hat die Arme: jene beseligt sie, diese erfüllt sie mit Bangen und „heimlich Grauen." Sie drückt sie unverhohlen ihm gegenüber aus. Er hat nur kurze Antworten für sie; ja es entschlüpft ihm sogar ein Ausdruck, der sehr dazu geeignet ist, sie in ihrer Bangigkeit nur zu bestärken.

„Du ahnungsvoller Engel Du!"

ruft er ihr zu. Allein hat sie auch ein Vorgefühl von dem Jammer, der ihr aus dem unheilvollen Verhältniß erwachsen muß, so vermag sie doch nicht zu widerstehen; ja sie ist bereit Alles für ihn zu thun, selbst die Mutter zu opfern; denn sie ist einer dunklen Macht anheimgefallen, der sich zu entwinden ihr in ihrer weiblichen Schwäche und Hingebung die Kraft gebricht*).

---

*) Vielleicht dürften auch hier wieder Dante's Worte Anwendung finden, wenn er sagt:

„Seh' ich Dich, bester Mann, nur an,
„Weiß nicht, was mich nach Deinem Willen treibt."

Mephisto fürchtet, die eben stattgefundene Scene könnte auf Faust
einen, seinen satanischen Zwecken zuwiderlaufenden Eindruck gemacht
haben, daher tritt er abermals mit der schon so oft siegreich geführten
Waffe des Spottes auf, und, da er sich vergewissert, daß nichts ver-
dorben ist, so versichert er Faust schließlich seiner teuflischen Theil-
nahme. Und gewiß, sie ist diesmal aufrichtig; denn natürlich hat er
seine Freude an dem Faust bevorstehenden Genuß.

In der nächsten Scene am Brunnen muß Gretchen mit anhören,
wie man eine Gefallene verurtheilt. Sie selbst kann nicht wie früher
die arme Sünderin schmähen; sie empfindet jetzt nur Mitleid mit der
Schuldigen. Das ist die gute Seite der eigenen Schuld*). Sie mil-
dert unser Urtheil über Andere. Sie läßt uns erkennen, daß wir
„Sünder sind allzumal." Das Mitgefühl, oder richtiger das Mitleid, hat Gretchen weich gestimmt und den Schmerz über ihren Fall
wach gerufen, und so ergießt sie ihn in frommem Gebet zur Mutter
Gottes**). Widmen wir ihrem Jammer eine stille Thräne.

„Perchè ricalcitrate a quella voglia
A cui non puote 'l fin mai esser mozzo?"

Nach Philaletes:

„Was seid ihr widerspenstig jenem Willen,
Dem nimmermehr sein Ziel geraubt kann werden?"

Inf. IX. 94.

*) Soll hiermit dem Verbrecher etwa das Wort geredet oder der Schuldige
dem Unschuldigen vorgezogen werden? Müssen wir durch die Sünde hindurch
gehen, um zur Reinheit zu gelangen? Ich weiß es nicht. So viel aber weiß ich,
daß es schon bei den jüdischen Weisen heißt: „Die Reuigen (und zu diesen ge-
hörte Gretchen in dem Augenblicke schon) nehmen eine höhere Stufe im Jenseits
ein, als die völlig Frommen."

**) Beiläufig sei hier bemerkt, daß, nach Schopenhauer, das Mitleid die
Quelle der reinen, echten Menschenliebe, daß es die wahre ἀγάπη oder Caritas,
ja sogar die Basis der Gerechtigkeit ist. S. besonders seine Schrift: „Ueber das

Die Wolken zieh'n sich zusammen, das Gewitter bricht herein. Es ist Nacht. Valentin wehklagt über den Fall der Schwester. Fauft, in deffen Busen es ebenfalls Nacht geworden, kommt mit Mephisto, dem es ganz teuflisch wohl zu Muthe ist, vorüber, um sich zu Gretchen zu begeben, und der Bösewicht ist so frech geworden, ist so siegestrunken, daß er jetzt so weit geht, das heilige Gesetz der Ehe, deffen Verletzung allein hier das Verbrecherische ist und das große Lebensbild, das vor unfern Augen entrollt wird — wenigstens vom exoterischen Standpunkte aus — zur Tragödie macht, dreist und unverhohlen zu verspotten und die Sittlichkeit mit Füßen zu treten.

> „Habt ihr euch lieb,
> „Thut keinem Dieb
> „Nur nichts zu Lieb',
> „Als mit dem Ring am Finger!"

Jetzt ist die Welt in Wahrheit zerstört. Valentin fällt als zweites Opfer: (das erste war die Mutter, die durch jenen Trank, den Fauft dem Gretchen für sie reichte, längst für immer eingeschläfert war) denn der Wille hat die Oberhand in Fauft gewonnen, und so müssen alle Hinderniffe beseitigt werden. Im Gegensatz zum Mitleid kennt der vom Intellekt nicht in Schranken gehaltene Wille nur die Selbst= sucht (nach Schopenhauer der ἔρως) und wehe, wo dieser ausschließlich zur Herrschaft gelangt. Armer Bruder! in gerechter Entrüstung ver= schmähst Du der Schwester Mitleid. Dein unverdorbener Sinn er= kennt in seiner Einfachheit das ganze Gewicht der Schuld, die auf ihr lastet:

Fundament der Moral," §§ 18 u. 19. Auch „W. als W. u. V." I. § 67. II. Cap. 47. Insofern also Gretchen wenigstens an der Schwelle der Tugend stand und bereits in einer Richtung hin durch's Unglück geläutert war, schließt sich das herrliche, tief innige Gebet um so schöner und berechtigter hier an.

„Ich sage, laß die Thränen sein!
„Da Du Dich sprachst der Ehre los,
„Gabst mir den schwersten Herzensstoß."

Gewiß:

„Er geht durch den Todesschlaf,
„Zu Gott ein als Soldat und brav."

Natürlich muß nach diesem traurigen Vorfall das Gewissen Gretchens
erwachen. Es ist das jüngste — das ewig junge und sich in jedem
Menschen erneuernde — Gericht*), das in der nächsten großartigen
Scene über sie ergeht. „Wehe, wehe!" ertönt's über sie, und sie sinkt
erschüttert zusammen.

Ehe wir mit der Analyse der Handlung fortfahren, hören wir
Schopenhauer über die Reue. „Eine moralische Reue ist nur da=
durch bedingt, daß, wenn die That, die Neigung zu dieser, dem Intellekt
nicht freien Spielraum ließ, indem sie nicht gestattete, die ihr entgegen=
stehenden Motive deutlich und vollständig ins Auge zu fassen, vielmehr
ihn immer wieder auf die zu ihr auffordernden hinlenkte. Diese nun
aber sind, nach vollbrachter That, durch diese selbst neutralisirt, mithin
unwirksam geworden. Jetzt bringt die Wirklichkeit die entgegenstehen=
den Motive, als bereits eingetretene Folgen der That, vor den Intel=
lekt, der nunmehr erkennt, daß sie die stärkeren gewesen wären, wenn
er sie nur gehörig ins Auge gefaßt und erwogen hätte. Der Mensch
wird also inne, daß er gethan hat, was seinem Willen eigentlich nicht
gemäß war: diese Erkenntniß ist die Reue. Denn er hat nicht mit völli=
ger intellektualer Freiheit gehandelt, indem nicht alle Motive zur Wirk=
lichkeit gelangten. Was die der That entgegenstehenden ausschloß,

---

*) Göthe nennt es nicht ganz passend den „bösen Geist." Wie ich höre, so
spricht Frl. Seebach die Worte des bösen Geistes selbst. Ein glänzender Beweis
für ihre echt künstlerische Auffassung und ihr tiefes Verständniß der Dichtung.

war, bei der übereilten, der Affekt, bei der überlegten, die Leidenschaft."
... Hierzu noch einige hierher gehörige Aphorismen. „Die Gewissens=
angst hat zwei Factoren: 1) der Bösewicht ahnt die Nichtigkeit und bloße
Scheinbarkeit des principii individuationis und 2) die Erkenntniß
der Heftigkeit seines eigenen Willens, der Gewalt, mit welcher er das
Leben gefaßt, und wodurch er dessen Leiden anheim gefallen ist." —
„Das gute Gewissen erweitert das Herz, wie der Egoismus es zu=
sammenzieht, eben weil jenes uns mit Allen verbindet." — „Zwischen
dem Bösen und Guten liegt die Gerechtigkeit." (Auf dieser Stufe sahen
wir Gretchen oben angelangt.) „Einem Gerechten nämlich ist das
principium individuationis nicht mehr, wie dem Bösen, eine Scheide=
wand, ... sondern durch seine Handlungsweise zeigt er an, daß er sein
eigenes Wesen, nämlich den Willen zum Leben als Ding an sich, auch
in der fremden, ihm blos als Vorstellung gegebenen Erscheinung
wiedererkennt (so Gretchen in Lieschen), also sich selbst in jener wie=
derfindet, bis auf einen gewissen Grad, nämlich des Nicht=Unrechtthuns,
d. h. des Nichtverletzens;" (daher also ihre Weigerung, die Gefallene zu
verdammen.)

Die nun folgende Scene auf dem Harzgebirge können wir als
Episode, welche der Volkssage, aus welcher der exoterische Faust her=
vorgeht, ihre Entstehung und ihre Stelle im Drama verdankt,
füglich übergehen. — Wenn ich ein Wort der Erläuterung über
dieses wüste Durcheinander von Hexen und Geistern aller Art wagen
darf, so wäre es dies, daß ich in dieser Scene einen nach Art
des Dante gehaltenen Traum sehe, in dem Faust sich bereits in die
Hölle oder vielmehr ins Purgatorium versetzt sieht. Gretchens Bild
erscheint ihm auch hier; die Erinnerung an den Genuß taucht in ihm
auf; er empfindet nochmals die Wonne, sie ist aber mit Reue und
Schmerz vermengt.

„Welch eine Wonne! Welch ein Leiden!"

ruft er aus. Auch übergehen wir das Intermezzo des Walpurgis=
nachttraums, eines Beiwerks, in dem der Dichter selbst zwar nicht
„schläft," aber die üppige Phantasie in wunderlichen Träumen sich er=
gehen läßt. Und zum letzten Mal ziehen wir den Vorhang auf und
eilen zum Schlusse.

Fausts angstvoller Traum ist zur schrecklichen Wahrheit geworden.
Gretchen befindet sich im Gefängnisse — dem Purgatorium der Ver=
brecher; „ist bösen Geistern" — allen Qualen ihres eignen Gewissens
— „und der richtenden, gefühllosen Menschheit übergeben", während
er in „abgeschmackten Zerstreuungen" (er hatte also mittlerweile wirklich
getanzt und geschwelgt, auch wohl der „Lilith" gehuldigt, und alles dies
schwirrte ihm nachher des Nachts durchs Gehirn und beunruhigte
seinen Schlaf) sich gewiegt oder hat wiegen lassen, wie er sich aus=
drückt. Wie er nun so ohnmächtig wüthet und rast und den unend=
lichen Geist anruft, er möchte das Böse, das ihm so fürchterlich über
den Kopf gewachsen, das zum Ungeheuer angeschwollen ist und ihn
überwältigt, wieder auf seine frühere Gestalt reduciren, es unschädlich
machen, es seiner Macht unterwerfen! Unglücklicher Faust, es ist zu
spät! O, und wie ergreift ihn der Jammer, daß nicht mit dem Tode
des ersten Geschöpfes die große Schuld zu sühnen war, „daß nicht das
erste genug that für die Schuld aller übrigen, in seiner windenden To=
desnoth vor den Augen des ewig Verzeihenden!" „Das Elend dieser ein=
zigen wühlt ihm Mark und Leben durch", während der Zerstörer „gelassen
über das Schicksal von Tausenden hin grinset." Doch wozu erläutern,
was, trotz der Tiefe der Gedanken, dem einfachsten Verstande so klar
sein muß? So klar? Allerdings, was das Verständniß der Dich=
tung, unergründlich aber, was die Sache selbst betrifft. In der That,
Faust war jetzt „an der Grenze unseres Witzes" angelangt; war da,

wo uns kurzsichtigen Menschen leicht „der Sinn überschnappt." —
Warum das Böse neben dem Guten einhergehen muß, warum dem
Leben die Leiden und der Tod beigesellt worden, wer sollte sich unter-
fangen eine genügende Antwort auf diese Fragen zu geben? Auch der
große, herrliche Geist, an den Faust sich wendet, läßt seine Frage uner-
widert; aber wohl donnert ihm Mephisto, den in seiner Ohnmacht er
anruft Gretchen zu retten, die fürchterlichen Worte entgegen: „Rette
sie! — Wer war's, der sie ins Verderben stürzte? Ich oder Du?" —
Es ist die Stimme des eignen Gewissens, die ihm also zuruft. Wie
schneidend müssen die Worte für ihn sein! Wie herb muß der Vorwurf
ihn treffen! Vielleicht könnte er Gretchen noch retten, d. h. sie wenigstens
befreien; aber ach! er hat ja noch schwerere Schuld auf sich geladen,
Blut klebt an seiner Hand, und diese Frevelthat versperrt ihm vollends
den Weg zur Umkehr. Ja, Umkehr ist unmöglich. Und wie steht's
mit Gretchen? Auch sie ist mit Blut befleckt, ist in Wahnsinn verfallen; der Geliebte kommt sie zu befreien; unendlicher Jammer erfaßt
ihn bei ihrem Anblicke; sie, in ihrer Seelenangst, empfindet schon alle
Schrecken des Todes, eines Todes durch's Blutgericht, so daß Faust
den letzten Schrei des von Elend überwältigten Menschen, den Stoß-
seufzer der tiefsten Verzweiflung, ausstößt, — und welcher Bibelleser
kennte ihn nicht? — er lautet:

„O wär' ich nie geboren!"

Auf diese Worte erscheint denn auch Mephisto: seine Beute ist endlich
vollreif für ihn! Margarethe erbebt beim Anblick des Zerstörers — denn
als solcher tritt er jetzt auf — da ruft ihr Faust zu:

„Du sollst leben!"

Wir werden diese Worte sofort verstehen lernen. Margarethe
übergiebt sich dem Gericht Gottes, sie hat Allem entsagt, hat das Quie-

tiv des Willens erreicht, endlich wird es wieder hell in ihrem Geiste, sie kann wieder beten, sie ruft Gott und die Engel an, sie zu bewahren und erleuchtet von oben, erkennt sie endlich in „Heinrich" selbst den Bösen. Mit den Worten:

> „Heinrich, mir graut vor Dir!"

giebt sie den Geist auf.

> „Sie

(das Individuum)

> ist gerichtet!"

wie Mephistopheles ausruft. Sie mußte zu Grunde gehen: allein eine Stimme von oben erhebt sich und entgegnet dem Zerstörer:

> „Ist gerettet!"

Der „Wille", den sie, wie wir bereits angedeutet, darstellt, ist gerettet und lebt fort; ob auch Tausende zur Linken und Myriaden zur Rechten fallen, ihm kann nichts zu Nahe treten, er ist unvergänglich, unsterblich. Zu Faust aber, dem noch nicht geläuterten, wendet sich Mephisto mit seinem

> „Her zu mir!"

und er verschwindet mit dem Unglücklichen, um mit ihm im Kampfe die dornigen Pfade des Lebens weiter zu durchwandeln, bis auch er das Ziel erreicht und als Sieger hervorgehen wird, oder um sofort unterzugehen, d. h. unversöhnt zu sterben. Je nachdem man nämlich die Dichtung

---

*) „Denn sein (dem Wesen) ist der Wille: (heißt es bei Schopenhauer) und wie der Wille ist, so ist die Welt. In diesem Sinne können wir sagen: die Welt selbst ist das Weltgericht." Man vergl. die ganze Stelle über die ewige Gerechtigkeit. W. als W. u. B. I. 396 ff.

hier für abgeschlossen hält oder nicht, wird man endlich auch die ver=
hallende Stimme

"Heinrich! Heinrich!"

entweder als eine Stimme der Klage über seinen Untergang oder als
einen an ihn ergehenden Ruf zum fernern Kampfe ansehen müssen.
Unsrer vom Anfang an uns gestellten Aufgabe treu, lassen wir auch
zum Schluß Schopenhauer das Wort führen, um die Handlung, die wir
eben flüchtig analysirt haben, in ein helleres Licht treten zu lassen.

"Vor Allem müssen wir deutlich erkennen, daß die Form der Er=
scheinung des Willens, also die Form des Lebens oder der Realität,
eigentlich nur die Gegenwart ist, nicht Zukunft, noch Vergangenheit:
Diese sind nur im Begriff, sind nur im Zusammenhang der Erkennt=
niß da, sofern sie den Satz vom Grunde folgt. In der Vergangenheit
hat kein Mensch gelebt, und in der Zukunft wird nie einer leben, son=
dern die Gegenwart allein ist die Form alles Lebens, ist aber auch
sein sicherer Besitz, der ihm nie entrissen werden kann. Dem
Willen ist das Leben, dem Leben die Gegenwart sicher und gewiß. Die
Zeit gleicht einem unaufhaltsamen Strom, und die Gegenwart einem
Felsen, an dem sich jener bricht, aber nicht ihn mit fortreißt. Die
Erde wälzt sich vom Tage in die Nacht; das Individuum stirbt: aber
die Sonne selbst brennt ohne Unterlaß ewigen Mittag. Dem Willen
zum Leben ist das Leben gewiß; die Form des Lebens ist Gegenwart
ohne Ende, gleichviel wie die Individuen, Erscheinungen der Idee, in
der Zeit entstehen und vergehen, flüchtigen Träumen zu vergleichen.
— So viel über den Ruf Faust's:

"Du sollst leben!"

und über die Stimme:

"Ist gerettet!"

Was das Quietiv des Willens, welches, wie oben erwähnt, Gret=
chen vor ihrem Tode erlangt hatte, so wird dies in Schopenhauer speciell
als Beispiel angeführt, und so möge auch diese Stelle hier Platz finden.
„Ein und derselbe Wille ist es, der in ihnen allen lebt und erscheint,
dessen Erscheinungen aber sich selbst bekämpfen und sich selbst zerfleischen.
In diesem Individuum tritt er gewaltig, in jenem schwächer hervor,
hier mehr, dort minder zur Besinnung gebracht und gemildert durch
das Licht der Erkenntniß, bis endlich, im Einzelnen, diese Erkenntniß
geläutert und gesteigert durch das Leiden selbst, den Punkt erreicht, wo
die Erscheinung, der Schleier der Maja, sie nicht mehr täuscht, die
Form der Erscheinung, das principium individuationis, von ihr
durchschaut wird, der auf diesem beruhende Egoismus eben damit er=
stirbt, wodurch nunmehr die vorhin so gewaltigen Motive ihre Macht
verlieren, und statt ihrer die vollkommene Erkenntniß des Wesens der
Welt, als Quietiv des Willens wirkend, die Resignation herbeiführt,
das Aufgeben, nicht blos des Lebens, sondern des ganzen Willens zum
Leben selbst. So sehen wir im Trauerspiel zuletzt die Edelsten, nach
langem Kampf und Leiden, den Zwecken, die sie bis dahin so heftig ver=
folgten, und allen den Genüssen des Lebens auf immer entsagen oder
es selbst willig und freudig aufgeben; so den standhaften Prinzen des
Calderon; so das Gretchen im Faust . . . sie alle sterben durch Leiden
geläutert, d. h. nachdem der Wille zu leben zuvor in ihnen erstorben ist."

Zur Erläuterung ihres Grauens vor Heinrich sei nun endlich auch
die bereits in der Einleitung versprochene Hauptstelle aus Schopen=
hauer citirt. Sie wiederholt zwar im Wesentlichen, was in Obigem
gesagt ist; da sie aber das große Verdienst Göthe's in der Be=
handlung dieses speciellen Thema's weit schärfer betont, so wird der
Leser dem längern Auszug gern seine Aufmerksamkeit schenken und die
nöthige Nachsicht ihm angedeihen lassen, wenn überhaupt von Nachsicht

gegen einen Schriftsteller wie Schopenhauer die Rede sein kann.
„Meistens muß daher, durch das größte eigne Leiden, der Wille ge=
brochen sein, ehe dessen Selbstverneinung eintritt. Dann sehen wir den
Menschen, nachdem er durch alle Stufen der wachsenden Bedrängniß,
unter dem heftigsten Widerstreben, zum Rande der Verzweiflung ge=
bracht ist, plötzlich in sich gehen, sich und Welt erkennen, sein ganzes
Wesen ändern, sich über sich selbst und alles Leiden erheben und, wie
durch dasselbe gereinigt und geheiligt, in unanfechtbarer Ruhe, Seelig=
keit und Erhabenheit willig Allem entsagen, was er vorhin mit der
größten Heftigkeit wollte und den Tod freudig empfangen. Es ist der
aus der läuternden Flamme des Leidens plötzlich hervortretende Silber=
blick der Verneinung des Willens zum Leben, d. h. der Erlösung.
Selbst die, welche sehr böse waren, sehen wir bisweilen durch die tief=
sten Schmerzen bis zu diesem Grade geläutert: sie sind Andere gewor=
den und völlig umgewandelt. Die früheren Missethaten ängstigen
daher auch ihr Gewissen nicht mehr: doch büßen sie solche gern mit
dem Tode und sehen willig die Erscheinung jenes Willens enden,
der ihnen jetzt fremd und zum Abscheu ist. (In Heinrich näm=
lich erblickt Gretchen, deutlicher noch als in sich selbst, diese Erscheinung,
daher denn ihr Grauen vor ihm.) Von dieser durch großes Unglück
und die Verzweiflung an aller Rettung herbeigeführten Verneinung
des Willens hat uns eine deutliche und anschauliche Darstellung, wie
mir sonst keine in der Poesie bekannt ist, der große Göthe, in seinem
unsterblichen Meisterwerke, dem Faust, gegeben, an der Leidensgeschichte
des Gretchens. Diese ist ein vollkommenes Musterbild des zweiten
Weges, der zur Verneinung des Willens führt. ... Keine mir be=
kannte Darstellung bringt das Wesentliche jener Umwandlung so deut=
lich und rein von allem Nebenwerk vor die Augen, wie die erwähnte
im Faust.“

5

Um Schopenhauer gerecht zu werden, habe ich seine Worte bis=
her ohne alle Polemik angeführt. Wie steht es aber mit meiner Ab=
weichung von ihm, von der ich in der Einleitung redete und die im
Verlaufe dieser Schrift begründet werden sollte? Nun, wenn meine
Ansicht dem Leser nicht von selbst in die Augen gesprungen ist, so kann
Beweisführung hier nichts nützen. Wenn aber der beste Beweis die für
sich selbst redende Thatsache ist, so hat diesen nicht nur der Dichter für
mich geliefert, sondern selbst Schopenhauer, mit dem ich scheinbar im Wi=
derspruch stehe, wenn er, wie wir oben gehört, die Erkenntniß durch das
Leiden läutern und steigern läßt. Demnach führen auch die selbst=
empfundenen Leiden schließlich zur Erkenntniß und laufen die beiden
Heilswege am Ende in eins zusammen, d. h. sie geben dem Intellekt
eine vom Willen verschiedene Richtung, so daß er das nicht mehr will,
was der Wille will, oder vielmehr der Wille, denn ihm allein kommt
das Wollen zu, nicht das will, was er seiner Natur nach will. Hier=
mit ist aber zugleich der scheinbare Widerspruch in Schopenhauer gelöst
und die Uebereinstimmung zwischen uns hergestellt. Man kann also
vom Trauerspiel entweder sagen, es stelle den Willen im Widerspruch
mit sich selbst, oder auch den Widerspruch mit dem Intellekt, dar.

Von größerer Wichtigkeit jedoch ist die Uebereinstimmung des
Philosophen mit dem Dichter, welche nachzuweisen die eigentliche Auf=
gabe war, die ich mir gestellt, oder richtiger gesprochen, die ich für
meine eigne Befriedigung zu suchen unternahm. Wenn das, was ich
gefunden, den Leser eben so befriedigt, wie mich; wenn es mir gelun=
gen, ihm diese Uebereinstimmung anschaulich gemacht und über jeden
Zweifel erhoben zu haben, so wird er mir nicht vergebens bis hierher
gefolgt sein; denn nicht nur wird er jetzt in Schopenhauer's System,
das die Feuerprobe der großen Dichtung bestanden, Eines erkennen,
das jedenfalls, wie die Phrase lautet, der Wahrheitskörner mehr ent=

hält als irgend ein anderes, sondern auch die herrliche, großartige Dichtung, deren unvergleichliche Schönheiten zu rühmen ich für ganz überflüssig halte, — wie ich solches auch im Laufe dieser Untersuchung fast durchweg unterlassen habe, — wird ihm hoffentlich in einem neuen, ungeahnten Lichte erscheinen, in einem Lichte, das ihm die Tiefen dieser vorzugsweise deutschen Dichtung beleuchtet und nicht wie so manches andere, das man dazu verwendet hat, nur die Augen blendet, so daß nichts mehr deutlich erkannt, und das Klarste nur verdunkelt wird.

Wir haben schon in der Einleitung davon gesprochen, daß von einem Einfluß des Philosophen auf den Dichter hier nicht die Rede sein könne; wir müssen nun hier noch hinzufügen, daß, wäre selbst ein solcher Einfluß zu erweisen, dem Dichter trotzdem der höhere Rang gebühren würde. Ueberragt er doch den Philosophen durch die schöpferische Kraft, durch die überwiegend höhere Gestaltungsfähigkeit, kurz durch den hohen künstlerischen Genius, und Niemand weiß diese Begabungen besser zu würdigen als eben Schopenhauer, Niemand hat ihnen gerechtere Anerkennung werden lassen und schönere Huldigung gezollt.

Wenn wir aber in der Philosophie Schopenhauers eine so merkwürdige Uebereinstimmung mit einer Dichtung gefunden haben, die allgemein als eine der großartigsten Schöpfungen des menschlichen Geistes anerkannt wird, die, wie fast keine andere, die Welt abspiegelt, und Hohes und Niedriges mit einer Alles durchbringenden Macht erfaßt und mit kühner Hand in unübertrefflicher Weise dargestellt hat, so werden wir auch einer solchen Philosophie unsere Anerkennung nicht versagen können, so wird sie uns eine Fackel auf der Bahn der Forschung bleiben müssen, uns vor Abwegen schützend und die tiefsten Schachten menschlicher Erkenntniß erleuchtend. Die Irrlichter, von denen Göthe singt:

„Von dem Sumpfe kommen wir,
„Woraus wir erst entstanden;
„Doch sind wir gleich im Reihen hier
„Die glänzenden Galanten —"

(und wer Schopenhauer's Werke kennt, wird wissen, auf wen wir diese
Stelle anwenden)   .

werden vor ihr erlöschen, und wir werden nicht, wie Jean Paul, das
Buch nur loben, sondern auch unterschreiben. — Selbst wenn wir
später Irrthümer in dem System entdecken sollten — und als ein
menschliches Werk kann auch dieses nicht frei von solchen sein — so
wird es immerhin ein Gewinn für uns bleiben, und werden wir wohl
daran thun, uns einmal wieder auf einen Standpunkt festzustellen,
einmal wieder zu sagen: Heureka! er ist gefunden der Punkt, von wel=
chem aus wir die Welt in Bewegung setzen können. Ja, mag es im=
merhin wieder heißen, wie Braniß von jener Zeit sagt*), in welcher
Hegel der Alleinherrscher im Gedankenreich Deutschlands war: „Kein
Jenseits mehr! Keine neue Welt außer dieser bekannten, heimathlichen
alten Welt! Hier oder nirgends ist Amerika!" und es wird wieder
besser werden als bei unseren schwankenden Zuständen, in denen Nichts
Geltung hat, wo ein System das andere in schnellem Wechsel ver=
drängt, wo unhaltbare und unausgeführte Gebäude wie Pilze in der
Nacht aufschießen, um ein blos ephemeres Dasein zu fristen, und kei=
nes zur Herrschaft gelangen kann, weil man es gänzlich verlernt hat,
einmal unbefangen und sorgfältig zu prüfen und der Wahrheit die
Ehre zu geben. Daher die vollständige Anarchie auf dem Gebiete der
Philosophie, daher das Mißtrauen der Männer vom Fache in ihr

---

*) S. Die wissensch. Aufgabe der Gegenwart u. s. w. Hodeget. Vorträge
von Chr. J. Braniß. Breslau 1848. p. 19.

gutes Recht einerseits, und die Anmaßung Unberufener andererseits.
In jenen Zeiten, da galt wenigstens die Idee noch etwas, da saß der
Geist auf dem Throne, und Alles beugte vor ihm das Knie. Jetzt
aber ist es die Materie, die rohe, geistlose, oder richtiger als geistlos
aufgefaßter Materie, die sich die Herrschaft angemaßt, der man hul-
digt, und so sind wir in einen Materialismus hineingerathen, der
zwar nicht zum ersten Male in dieser Gestalt auftritt — also nicht einmal das zweifelhafte Verdienst beanspruchen kann, eine neue Weltanschauung aufgestellt zu haben, — der aber noch obendrein sich erkühnt,
das große Wort allein führen zu wollen, und in seinem Uebermuthe ins
Gebiet des Gedankens auf eine Weise überzugreifen sich wagt, die entschieden mißbilligt werden muß. Es thut uns ein Werk wie der
Laokoon noth, damit endlich einmal wie dort zwischen der Malerei und
der Poesie, die Grenze zwischen den Naturwissenschaften und der Philosophie gezogen und jene in ihre Schranken zurückgewiesen werde. —
Dann werden wir endlich auch wieder erkennen, daß es mit der Philosophie, so sie nur im echten Geiste, frei von jeder Nebenabsicht, getrie-
ben, mehr auf sich habe, als man in unseren Tagen sich gern bereden
möchte; daß wir uns dieses unseres hohen Erbgutes, unseres Geburts-
rechtes, nicht leichten Kaufes entäußern dürfen, sondern es auch ferner
pflegen und hegen müssen, wie auch die Zeiten, oder der Zeitgeist, in
andere Bahnen drängen und treiben mögen. — Ja, mögen die Völker
die deutsche Metaphysik, die philosophische Spekulation, die seit den
Griechen nur der deutschen Nation eigen ist, verhöhnen: lassen wir uns
dadurch nicht beirren, nicht ablenken vom Forschen nach dem Höchsten,
und wäre es auch ein Irrthum, so ist's ein schöner, erhebender, den
ganzen Menschen reinigender, heiligender Irrthum, wie es kein anderer
sein kann. Kein anderer: denn „es irrt der Mensch so lange er
strebt," hat uns die große Dichtung, mit der wir uns eben beschäftigt,

gelehrt. So ist Irrthum des Menschen Loos auf Erden, befinde er sich auf welcher Bahn er wolle, was auch sein Streben, was auch sein Ziel. Nun aber ist kein Irrthum frei von Gefahr: jeder führt ein schwächeres oder stärkeres Gift mit sich, das früher oder später seine Wirkung äußert und tödtlich wird — ja, selbst jener nicht ausgenommen; allein nur der, welcher nicht von der Erde ist, der, welchem nichts Irdisches anhaftet, nur die reine höhere Spekulation ist es, welche, zwar von der Erde ausgehend, doch über die Niederungen derselben emporhebend, reinigend und läuternd auf den Menschen zurückwirkt, und seiner hohen Stellung in der Reihe der erschaffenen Wesen — seiner, als der Krone der Schöpfung — würdig ist.

idle man tempts the devil himself." Er hegte auch hier noch die
Begierde, und mit der Begierde war er wieder dem Jammer des Lebens
preisgegeben. Völlig überwunden, und zwar für die ganze Menschheit,
ist der Pessimismus in einem Jahrtausende alten Buche. Ich will es
jetzt nicht nennen, denn das letzte Wort über diesen Gegenstand behalte
ich mir einstweilen noch vor. Wie der „Faust" selbst, muß auch diese
Erläuterung desselben in der Mitte abbrechen. Von der Aufnahme
dieser Schrift hängt es ab, ob ich bei einer späteren Gelegenheit noch=
mals das Wort ergreifen werde. Einstweilen füge ich zum Schluß
nur noch eine Thatsache aus dem Talmud hinzu. Zwischen den
Rabbinen war ein Streit entstanden, ob es besser sei für den Men=
schen, geboren zu werden oder nicht. Endlich entschied man sich dahin,
daß es zwar besser sei, der Mensch wäre nicht geboren, da er aber ein=
mal geboren, so hätte er in sich zu gehen und seine Handlungen zu un=
tersuchen!

Leipzig, Druck von Giesecke & Devrient.